ÉVASION DE LA PRISON D'IRAN

Massoumeh Raouf

ÉVASION DE LA PRISON D'IRAN

Je rêvais de liberté, alors je me suis évadée de la prison du régime des mollahs

Balland

Du même auteur

Livre BD « Un petit prince au pays des mollahs ». 2018

iran.petitprince@gmail.com

www.editions-balland.com
ISBN 978-2-94071-911-2

Il y a quelque chose de plus fort que la mort,
c'est la présence des absents, dans la mémoire des vivants.

Jean d'Ormesson

Premier carnet

Non !
Je n'ai jamais cru à la nuit.
Car au-delà de son labyrinthe noir,
Je me suis accroché à l'espoir d'une toute petite fenêtre.
Ahmad Chamlou[1]

1979 - Le printemps de la liberté

Quand les vagues de la révolution antimonarchique ont submergé l'Iran en 1979, j'avais 17 ans. Avec les premières manifestations dans notre ville de Racht[2], mes frères – j'en avais deux – ma mère et moi, toutes mes amies ainsi que tous les habitants criions « Liberté ! » d'une seule et même voix. En ces jours, tout l'Iran chantait le chant de la liberté et des millions de gens descendaient dans la rue...

Après la victoire de la Révolution, je pensais qu'elle était finie et qu'il était temps de commencer à vivre. Les écoles ont été réouvertes et nous sommes tous retournés dans les salles de classe. J'ai passé mon bac et je projetais

[1] Ahmad Chamlou, 1925-2000 est considéré comme le plus grand poète contemporain iranien.

[2] Racht est le chef-lieu de la province de Gilan dans le nord-ouest de l'Iran.

d'aller à l'Université pour continuer mes études. Ma famille m'a encouragée. Ils auraient préféré que je prenne plus de distance avec le monde politique.

Mais le printemps de la liberté, après la Révolution de 1979, a été de courte durée. Le but de la révolution anti-monarchique était de bâtir un Iran libre, démocratique et plus juste. Cette révolution a été volée et détournée pour le compte de la dictature religieuse propre aux mollahs[3]. Une fois au pouvoir, Khomeini, fondateur du régime des mollahs en Iran, a oublié toutes les promesses faites au peuple iranien, lors de son exil à Neauphle-le-Château[4], en France. Il a d'abord ciblé ses opposants politiques, les médias et leur liberté d'expression. On pouvait entendre les bruits de bottes d'une dictature encore plus barbare et bien pire que celle du Chah. Le nouveau régime vilipendait et stigmatisait ceux-là même considérés jusque-là comme les héros de la nation. Les Moudjahidines du peuple d'Iran[5] (OMPI) – qui avaient été jetés en prison et torturés pour avoir combattu des années durant le régime du Chah – étaient maintenant

---

[3] Le mollah est stéréotypé comme corrompu, hypocrite, argumentatif et sans scrupules – une personne qui exploite la religion pour le bien de ses propres intérêts. Les proverbes iraniens et les paroles populaires sont remplis d'avertissements pour se méfier du mollah et ne pas lui faire confiance, en aucune circonstance. Cette image a même trouvé son chemin parmi les poètes persans les plus populaires.

[4] À la fin de l'année 1978, cette commune des Yvelines a accueilli, quatre mois durant, le premier guide suprême de la Révolution islamique iranienne.

[5] Fondée en 1963 par de jeunes universitaires iraniens comme une réponse à la terreur instaurée par la monarchie du Chah, l'OMPI se voulait une organisation de résistance pour l'instauration d'un régime démocratique et indépendant. Ils sont devenus le principal mouvement d'opposition au régime des mollahs, qui revendique une vision musulmane tolérante favorable à une démocratie laïque.

traités de menteurs et d'hypocrites. Mensonges, tromperie, chantage, démagogie ont pris le dessus. Tout recommençait, en pire…

Ma passion pour la quête de la justice sociale agitait mon esprit révolutionnaire. Je ne pouvais être une spectatrice indifférente à la disparition des acquis de la Révolution. Je n'étais pas le genre de personne à obéir et renoncer. J'étais avant tout une rebelle qui n'était pas prête à lâcher ses idéaux et ses convictions. Je n'arrivais pas à penser à ma propre vie ni à mon avenir. Encore une fois, le sort de mon peuple et de ma patrie se trouvait pris en otage. Il m'a fallu plusieurs mois pour prendre une décision définitive. Je lisais les publications de tous les groupes politiques, pro-gouvernement et d'opposition…

J'avais déjà pris connaissance du mouvement de l'OMPI au cours de la Révolution antimonarchique. Mais je n'avais aucun lien organisationnel avec eux. Beaucoup de leurs membres et dirigeants avaient été exécutés pendant le règne du Chah. Les autres, libérés par le peuple, étaient devenus les héros de la nation.

Après la chute du Chah et l'instauration du nouveau régime, l'OMPI et son leader charismatique Massoud Radjavi[6], âgé seulement de 32 ans, devenaient les pre-

[6] Durant ses études à l'université de Téhéran, Massoud Radjavi adhère à l'Organisation des Moudjahidines du peuple d'Iran (OMPI) en 1967 et devient le plus jeune membre du comité central de cette organisation d'opposition à la dictature du Chah. En 1971, tous les dirigeants du mouvement sont arrêtés, puis exécutés. Massoud Radjavi, condamné à mort, voit sa sentence commuée en peine de prison à perpétuité grâce à une campagne internationale menée depuis Genève (Suisse) par son frère Kazem Radjavi, professeur de sciences politiques, qui sera assassiné en 1990 par les services secrets iraniens. Massoud Radjavi passe alors sept ans dans les prisons du Chah et ne retrouve la liberté que peu avant la Révolution iranienne de 1979.

miers opposants au régime des mollahs qui, se revendiquant seul héritier de l'islam authentique, taxait ses opposants d'hypocrites. Au même moment, les Moudjahidines lançaient leur propre campagne culturelle et idéologique auprès des intellectuels et de la jeune génération, pour contrer cette interprétation despotique et intégriste de Khomeini.

Les activités politiques des Moudjahidines consistaient alors à informer, révéler, divulguer les agissements du régime. Leur journal « Moudjahid », avec un tirage quotidien de 500 000 exemplaires, était devenu le premier du pays. Mais à cause de leurs activités, ces militants de l'OMPI ont été battus ou arrêtés et emprisonnés, parfois même tués dans certaines villes…

À cette époque, c'était pour moi la plus grande décision de ma vie d'avoir à choisir de quel côté je voulais être. Avec Khomeini ou avec les Moudjahidines ? Le choix de l'un ou de l'autre m'engageait dans une vie totalement différente.

Si je choisissais Khomeini, j'aurais dans l'ensemble une vie sans problème. En acceptant le mariage avec un riche prétendant qui avait promis de m'offrir une vie de princesse, avec l'accord de toute ma famille. Mais heureusement, j'avais la chance d'être libre de dire non.

Si je choisissais les Moudjahidines, je m'engageais dans un combat dangereux et implacable. Un combat pour la liberté qui demandait une volonté de fer, mais qui en avait aussi toute la saveur. Une guerre sans fin faisait rage en moi.

Finalement, j'ai choisi l'OMPI. J'ai décidé de me battre dans les rangs des Moudjahidines du peuple d'Iran pour la liberté.

Au début, je suis allée au bureau de l'OMPI à Racht pour m'inscrire à des cours de formation politique et idéologique, en particulier au cours de philosophie de Massoud Radjavi[7] , à l'Université de Gillan à Racht. Il nous exposait les points de vue philosophiques qui sous-tendaient les différentes politiques modernes, en nous présentant un grand choix de perspectives. Il avait aussi pointé du doigt le danger que représentait un « État islamique » que nul à ce moment-là n'était en mesure de comprendre. Ses cours étaient appréciés et bienvenus chez les jeunes, ce qui en faisait une menace pour le nouvel État islamique fondamentaliste montant, dirigé par Khomeini. Lors de ces cours, nous avons compris que la route à parcourir vers la démocratie serait longue.

Ensuite, je me suis mise à participer activement aux distributions du journal « Moudjahid », de tracts, d'affiches. J'ai participé à des réunions et des meetings ainsi qu'à l'organisation d'expositions, de conférences, de débats, ainsi qu'à la diffusion du programme et des objectifs de l'OMPI auprès des populations.

Au fur et à mesure que les gens prenaient connaissance de la nature du régime de Khomeini, et des objectifs et des projets des Moudjahidines pour la société, le soutien populaire aux Moudjahidines, consi-

[7] À la fin de 1979, Massoud Radjavi a commencé une série de cours de philosophie comparée à l'Université technologique Charif de Téhéran. Chaque semaine, 10 000 étudiants y assistaient, et plus de 100 000 autres regardaient les enregistrements vidéo à travers l'Iran. Les transcriptions étaient publiées par milliers chaque semaine et distribuées à travers tout le pays. Au bout de 16 semaines, Khomeini a fait fermer les universités, les dirigeants de son régime soulignant qu'elles étaient devenues un bastion des Moudjahidines.

dérés comme opposition principale au régime, grandissait notamment auprès des jeunes et des femmes.

En mars 1980, lors de la première élection présidentielle d'après la Révolution, la popularité des Moudjahidines avait grimpé en flèche, ce qui a fortement inquiété Khomeini, au point qu'il chercha à intervenir personnellement pour écarter Massoud Radjavi, candidat de toutes les force progressistes.

Le sort des élections législatives n'en a pas été meilleur pour autant. Car malgré toutes ces manigances, fraudes et attaques contre tout ce que nous étions, quelques-uns de nos candidats ont finalement été élus. Mais pour ensuite se trouver empêchés de siéger à l'Assemblée.

J'ai retrouvé dans les archives du journal Le Monde du 29 mars 1980, un article écrit par Éric Rouleau, envoyé spécial du journal à Téhéran, qui me semble assez parlant. En voici un extrait :

Moudjahidines contre clergé chiite

Téhéran. - L'un des « happenings » de Téhéran à ne pas rater est le cours de philosophie comparée que donne tous les vendredis après-midi M. Massoud Rajavi. Quelque dix mille personnes, munies de cartes d'admission, se rassemblent sur les pelouses de l'université Chérif pour écouter, trois heures durant, le chef des Moudjahidines Khalq (les combattants du peuple).

M. Rajavi, avec son éloquence didactique et son physique de jeune premier (il est âgé de trente-deux ans), fait recette. Les réunions politiques qu'il tient dans la capitale ou en province attirent des foules de cent mille, deux cent mille, et parfois trois cent mille personnes. Sa notoriété ne date pas d'aujourd'hui. Arrêté avec les neuf autres membres du comité central des Moudjahidines en 1971, peu avant les fastueuses festivités de Persépolis qui marquèrent le 25e centenaire de l'Empire perse, il avait, au cours de son procès, dénoncé avec une témérité suicidaire le despotisme du régime impérial et la mainmise américaine sur son pays. Il est condamné à la peine capitale. Une exceptionnelle campagne internationale se déclenche en sa faveur. Amnesty International, diverses organisations européennes des droits de l'homme, des associations de juristes, d'écrivains, des hommes politiques français, notamment M. François Mitterrand et le président Pompidou, font appel à l'indulgence du Chah. Celui-ci finit par céder six mois plus tard et commue en détention perpétuelle la peine de mort prononcée à rencontre de M. Rajavi, qui continue néanmoins à être soumis à d'atroces tortures jusqu'à sa libération en janvier 1979, deux semaines avant l'effondrement de la monarchie.

Essentiellement organisation de guérilleros, les Moudjahidines se muent alors progressivement en parti politique, dont l'ambition est de défendre « le contenu révolutionnaire de l'islam ». Dans ses conférences hebdomadaires à l'université Chérif, M. Rajavi expose et défend l'idéologie des Moudjahidines en citant largement le Coran, le Nouveau et l'Ancien Testament, mais se réfère aussi entre autres à Platon, Socrate, Sartre, Hegel et Marx, auxquels il emprunte volontiers des « principes scientifiquement vérifiés ».

Ses cours, enregistrés sur vidéocassettes, sont diffusés dans 35 villes de province et édités en livres de poche, vendus au rythme de cent mille exemplaires chacun.

Parti de masse l'un des mieux structurés du pays, les Moudjahidines occupent depuis trois ou quatre mois une position de choix sur la scène politique iranienne. Si l'imam Khomeini n'avait pas écarté sa candidature à l'élection présidentielle en janvier dernier, M. Rajavi aurait recueilli, selon diverses estimations, plusieurs millions de voix. Il était en effet assuré du soutien des minorités ethniques et religieuses – dont il défend le droit à l'égalité et à l'autonomie – d'une bonne partie de l'électorat féminin qui aspire à l'émancipation, des jeunes qui rejettent la tutelle du « clergé réactionnaire ».

Téhéran.1980. Massoud Rajavi

Deuxième carnet

La première blessure

Jusque-là j'étais discrète. Ahmad, mon petit frère, était un sympathisant actif de l'OMPI. En avril 1980, il avait été arrêté et sauvagement torturé[8] par les milices du Bassidj[9] et des pasdarans[10] . C'est à cette occasion que j'ai découvert pour la première fois la violence de la haine et de la férocité animale des partisans de Khomeini envers les Moudjahidines.

Mahmoud, mon grand frère, était politiquement contre les mollahs ; c'était un bon vivant, un jeune fonctionnaire amoureux d'une fille et qui se préparait à son mariage. Mon père, comme d'habitude, était contre toute activité politique et maman, prudente, me demandait de faire attention à mes fréquentations, soucieuse

[8] Voir mon livre BD « Un petit prince au pays des mollahs » p. 45, 46, 47. Éd. Société des Écrivains.

[9] La milice du Bassidj et les Hezbollahis sont des groupes de nervis à la solde du régime. Souvent ce sont des pasdarans en civil.

[10] Le Corps des Gardiens de la Révolution (ou les pasdarans) est l'armée idéologique fondée par Khomeini pour dominer l'armée régulière héritée de l'ancien régime et mener la répression contre les opposants. (Voir l'ouvrage très détaillé de Mehdi Abrichamtchi : Les Gardiens de la Révolution, Éd. Jean Picollec).

que personne ne parle dans mon dos ; ce qui n'était pas du tout bien pour une fille de bonne famille et en plus de mon âge.

Par ailleurs, il y avait beaucoup de désaccords et de divisions au sein de notre famille. Un de mes cousins, fils de ma tante paternelle, Ali Haghparast Forouhi, appartenait à une phalange du Hezbollah et était membre des Gardiens de la Révolution. Le mari de ma tante maternelle était également un sympathisant de Khomeini. Ce dernier a constamment averti ma mère de mes activités avec les Moudjahidines.

Malgré tout, maman était toujours de mon côté. Je sortais de la maison sous différents prétextes et elle me couvrait devant mon père.

Peu de temps après, ma mère est devenue une militante de l'OMPI et nous a soutenus et défendus bec et ongles.

10 septembre 1980

C'était notre première exposition dans la rue pour la commémoration de l'Ayatollah Taleghani[11], grand religieux et soutien de l'OMPI, décédé il y a un an. Il y avait des rumeurs sur sa mort ; elle aurait été commanditée par Khomeini qui ne supportait ni sa popularité ni son appui aux Moudjahidines du peuple. J'avais participé à la préparation de cette exposition. Mais je ne pouvais pas être sur place à cause de ma situation familiale.

[11] Taleghani était le dirigeant religieux progressiste le plus populaire opposé au Chah. Il est arrêté et torturé à plusieurs reprises par la Savak. Peu après la chute du Chah, les relations entre Taleghani et les mollahs au pouvoir se détériorent. Il décède le 10 septembre 1979 à l'âge de 69 ans.

Ce jour-là à la maison, je cherchais un prétexte pour aller à l'exposition.

— Oh, maman ! Allons faire les courses, lui ai-je demandé.

— Bien ! Et pourquoi pas ? Mais as-tu entendu l'Imam ? « Je briserai les stylos », a-t-il dit. Fais attention !

— D'accord maman ! On y va.

Nous sommes arrivées sur l'avenue Chique vers 17 heures et on voyait de loin les drapeaux de l'exposition. Il y avait du monde.

Nous étions en pleine visite quand soudain, nous avons entendu les cris assourdissants de bandes de nervis extrémistes qui se nommaient « Hezbollah » ou « parti de Dieu ».

— Vive le Hezbollah !

— Vive Khomeini !

— Mort aux hypocrites !

— À bas les Américains et les Moudjahidines !

Ils attaquèrent les militants, mais aussi les visiteurs. Une chaîne humaine s'est formée rapidement ; j'ai décidé de la rejoindre.

— Maman, je vais me joindre à eux !

— Non, non, attends ! Ils lancent des pierres !

Alors que je me tenais dans la chaîne humaine, j'ai soudain vu les étoiles danser autour de ma tête et j'ai été prise de vertiges. Comme je m'étais accrochée à d'autres personnes, cela m'a empêchée de tomber par terre. Une grosse pierre m'avait frappée au-dessus du nez, juste à côté de mon œil gauche. J'ai été gravement touchée, j'avais la tête qui tournait. Des bruits résonnaient dans mes oreilles.

J'avais mal à la tête et je sentais du sang couler sur mon visage. Maman se tenait devant moi et scandait des slogans contre les phalanges. Soudain elle a vu ma tête, mon visage et mes vêtements pleins de sang, elle a crié : « tu es blessée, on doit aller tout de suite à l'hôpital ».

Elle m'y a rapidement emmenée avec l'aide de quelques-uns. À l'hôpital, ils m'ont fait deux points de suture et m'ont libérée le soir même. Ils m'ont dit que j'avais eu de la chance que la pierre n'ait pas touché mon œil, sinon je serais devenue borgne. J'ai gardé la cicatrice sur le visage.

C'était la première fois que j'étais sérieusement blessée. Cette nuit-là, en me reposant, j'ai réfléchi :

C'était de pire en pire. L'ombre qui planait sur notre liberté difficilement acquise commençait à peser. Le moment venu, ils ne reculeraient devant aucun crime contre nous et n'hésiteraient pas une minute à nous tuer. Or, cela se passait à une époque où les activités de l'organisation n'étaient pas encore interdites.

Mais ils sont stupides de croire qu'ils peuvent briser un idéal !

Khomeini, « aperçu dans la lune »[12] ! Pire désastre pour notre Révolution. Qui aurait pu penser qu'il trahirait tout le monde au nom de l'islam ?

J'étais plongée dans mes pensées quand j'ai entendu Ahmad sur la terrasse. En arrivant, il commença à raconter les événements de la journée avec animation et humour.

---

[12] Khomeini fut d'abord perçu par le peuple iranien comme un sauveur, envoyé du ciel, la rumeur circulait que la face de la Lune reflétait son visage…

— Frangine ! Tu ne devineras jamais ce qui s'est passé ! On a eu notre première confrontation avec le Hezbollah et ses sbires… Malheureusement, quelques blessés, dont une fille…

Je ne suis pas sortie de ma chambre. Je voulais le surprendre. J'ai dit :

— C'était qui ?

— Je ne sais pas.

Ahmad est entré et j'ai fait semblant de lire le journal.

— Allez, viens ! Que caches-tu ?

— Rien, un grand pansement !

— Hein ? Donc la blessée c'était toi ?

— Oui, c'était moi. Je ne voulais pas risquer de te mettre en danger ou m'exposer publiquement, mais maintenant tout a changé. Toi et moi, nous sommes des brebis galeuses, pourchassées.

Tous les bureaux de l'OMPI ont été attaqués. Beaucoup ont été arrêtés. Khomeini a décrété à la télé que le régime avait jusqu'ici été bien trop doux. Désormais, ils voulaient notre peau.

Ce soir-là, nous nous sommes rapprochés plus encore et nous avons juré de continuer notre combat jusqu'à la victoire.

Que Dieu te garde, mon petit frère !

En cette impasse

Ahmad Shamlou, le plus grand poète contemporain d'Iran – dont j'adore les poèmes – et qui avait soutenu en 1980 la candidature de Massoud Radjavi à l'élection présidentielle, a publié un poème avec pour titre « En cette impasse[13] » qui illustre cette mise en place d'une dictature religieuse bien pire que celle d'avant. Tout au long de sa vie, Shamlou a été comme la langue de son temps. Il essayait de refléter l'esprit de l'époque et la société dans laquelle il vivait.

On vient sentir ta bouche
Que tu n'aies dit je t'aime
On vient sentir ton cœur
Quelle étrange époque vivons-nous,
ma toute gracieuse
Quant à l'amour,
On lui donne le fouet
Le long des remparts sentinelles
L'amour, on l'enfouit au fond d'une arrière-cour
En cette impasse torve, torturée par le froid
Ils allument le feu
Par la grâce nourricière des chants et des poèmes
Ne te risque pas à penser, ma toute gracieuse
Quelle étrange époque vivons-nous
Celui qui, nuitamment, martèle à notre porte
Est venu en meurtrier de la lampe
La lumière, on l'enfouit au fond d'une arrière-cour
Et voici que viennent les bouchers
Veillant à tout passage
Ils apportent la planche et les hachoirs en sang
Quelle étrange époque vivons-nous,
ma toute gracieuse

[13] Extrait de Petits Chants de l'exil, Téhéran, 1980. Le poème « En cette impasse » a été écrit en juillet 1979.

Et ils équarrissent le sourire sur les lèvres
Et les chants sur la bouche
La joie, on l'enfouit au fond d'une arrière-cour
Les canaris sont couchés sur la braise,
Brûlante de jasmin et de lys
Quelle étrange époque vivons-nous,
ma toute gracieuse
Iblis[14] est triomphant,
Ivre, attablé au banquet de nos deuils
Dieu, on l'enfouit au fond d'une arrière-cour.

[14] Satan, dans la tradition orientale.

Troisième carnet

Lynchage dans la rue

Une série de déclarations provocatrices de Khomeini sur la chaîne publique, en avril 1980, appelant le peuple irakien à « se soulever et se débarrasser des tyrans », déclenche une querelle avec le pays voisin, l'Irak. La guerre Iran-Irak est déclarée le 22 septembre 1980[15].

Khomeini voulait ainsi détourner l'attention du vrai combat pour la démocratie, menée au sein du pays, et faire taire les voix discordantes.

Sous prétexte de guerre avec un ennemi étranger, l'espace des activités politiques se resserre de jour en jour. Les forces de répression s'installent avec vigueur. Seuls les plus courageux osent braver les rues.

Je ne me souviens pas de la date exacte, mais c'était le début du printemps de 1981. Il faisait beau. Ce matin j'avais rendez-vous avec deux membres de mon équipe, Farahnaz et Farah, pour distribuer le journal « Moudjahid ». Avant même de commencer, au carrefour de Mikael, de Racht, un groupe de plusieurs dizaines de pasdarans – Gardiens de la Révolution –, des Bassidj en

[15] Le bilan de huit ans de guerre : un million de morts, un million de blessés et mutilés et mille milliards de dollars de destruction.

tenue civile et des phalanges du Hezbollah nous ont encerclées et ont commencé à nous insulter et nous frapper. Nous avons résisté en criant « À l'aide », de toutes nos forces. Farahnaz, Farah et moi étions au milieu d'un cercle. Des pasdarans nous frappaient et nous maltraitaient dans la rue, tandis que d'autres empêchaient les gens de venir à notre secours.

Ils m'ont arraché mon foulard et j'étais nue-tête au milieu de ces hommes, ce qui est d'une grande humiliation pour une musulmane.

Ils m'ont traitée de pute et me disaient « Madame Jamileh[16], hier à l'époque du Chah tu dansais au cabaret et maintenant tu vends les journaux des hypocrites. »

J'ai été jetée au sol et des coups pleuvaient sur moi de tous côtés. Soudain, un gonflement massif en forme d'hématome est apparu sur mon visage, du côté de l'œil gauche. J'étais remplie de colère. Malgré la gravité du traumatisme et la douleur des coups, j'ai crié : « Votre islam, c'est de frapper les femmes musulmanes, comme ça ? De quel droit vous nous frappez ?! La liberté d'expression c'est notre droit ! »

Farah et Farahnaz, elles aussi se battaient comme des lionnes. Farahnaz avait une voix forte. Ses cris ont attiré une foule au point de créer un embouteillage. La rue est devenue noire de monde. Des hommes jeunes et courageux sont venus à notre aide, mais ils ont également été frappés et battus. Ce fut une scène choquante. Finalement, ces jeunes ont réussi à briser le cercle et à nous sauver de ces barbares.

---

[16] Jamileh était la plus célèbre danseuse iranienne à l'époque du Chah.

Un chauffeur de taxi nous a aidées à monter dans sa voiture, mais en même temps, trois hommes des phalanges du Hezbollah sont montés sur le siège avant en frappant le conducteur et en lui ordonnant de nous emmener au Comité[17] le plus proche.

Pouvez-vous imaginer la scène ? Deux hommes étaient assis sur le siège avant et un autre avait pris place sur le siège du conducteur. Le pauvre homme était coincé au milieu. La voiture démarra de l'avenue de Chique, dépassa les places de la mairie et de Sabzehe-Midane, pour se diriger vers la rue de Bistoon. Nous étions toutes les trois assises à l'arrière et supplions le chauffeur de s'arrêter et de nous laisser partir.

Au début de la rue de Bistoon, la voiture s'est arrêtée. Nous en sommes descendues précipitamment et avons commencé à courir vers l'une des rues latérales. Un homme des phalanges courait après nous, tandis que les deux autres battaient le conducteur.

Farah connaissait bien le quartier, aussi nous avons pu trouver refuge chez l'une de ses cousines. La femme nous a gentiment accueillis. Mon visage était gonflé avec un grand bleu sous l'œil gauche et j'avais mal partout. Elle nous a proposé de rester chez elle jusqu'au soir. Elle avait raison, car c'était très dangereux de sortir. La nouvelle s'était propagée dans la ville, tout le monde était au courant que trois filles des Moudjahidines avaient été arrêtées dans la rue après avoir été sauvagement battues.

Pour nous remonter le moral, on plaisantait. J'ai dit à Farahnaz que j'avais découvert aujourd'hui qu'elle

[17] Les Comités étaient une sorte de commissariat de la milice du Bassidj.

était un mégaphone vivant ! Grâce à sa voix, nous avions été sauvées.

À la tombée de la nuit, j'ai changé mon tchador[18] noir pour un tchador fleuri afin de n'être pas reconnue. J'ai pris un taxi et je suis rentrée chez moi.

Maman a été surprise de me voir.

— Oh, ma chérie, comme je suis contente de te voir. Mais qu'est-ce qui vous est arrivé ? J'ai entendu dire qu'ils vous lynchaient dans la rue !

Dans l'après-midi, mes amis de l'OMPI avaient annoncé à ma mère que j'avais été arrêtée et emmenée au Comité. Habituellement, après une arrestation, les pasdarans attaquaient la maison le soir même. Maman a cherché dans mes affaires tous mes livres et journaux pour les cacher.

— Oh maman ! Tu es un génie. Je ne crois pas qu'ils seraient arrivés à les trouver.

Mes frères étaient à la maison. Pour détendre l'atmosphère, Mahmoud aimait plaisanter avec nous.

— Maman, ne t'inquiète pas, je t'ai dit que ta super girl, l'héroïne du jour, allait rentrer. Elle est un peu déformée, mais c'est bien elle !

Ahmad m'a dit plus tard que maman avait pleuré quand elle avait trouvé dans mes affaires mon testament. Mais elle s'est rapidement maîtrisée.

Je voulais porter plainte contre mes agresseurs. Le lendemain, avec maman, nous sommes allées chez le

---

[18] Un tchador est un vêtement traditionnel iranien porté par les femmes ; pièce de tissu semi-circulaire ouverte sur le devant qui couvre la tête jusqu'aux pieds.

médecin légiste. Il a consigné par écrit les coups reçus et m'a prescrit 16 jours d'incapacité ; ce qui m'ouvrait un droit de poursuite pénale. Ensuite, nous sommes allées dans un studio de photographie pour prendre des photos des effets des coups sur mon visage. J'ai déposé une plainte au poste de police.

Quelques mois plus tard, la police est venue chez nous avec un mandat d'arrêt contre moi qui étais la plaignante et la victime des tortures. Heureusement, je n'étais pas à la maison.

Quatrième carnet

Vers un avenir sombre

Au début de l'année 1981, selon le journal «Moudjahid», le nombre des prisonniers politiques partisans des Moudjahidines du peuple était supérieur à 1500 à travers tout le pays, en particulier dans le nord où le nombre de prisonniers était très élevé.

Au printemps 1981, l'activité politique publique n'était plus possible. Depuis mon lynchage dans la rue, j'étais prudente et vivais dans une semi-clandestinité.

L'une de mes responsabilités à l'époque était de gérer la communication avec les prisonniers politiques de l'OMPI des différentes prisons de Racht, par le biais de leurs familles. Chaque fois que nous recevions des messages ou des lettres des prisonniers sur leurs conditions de vie en prison et sur les atrocités du régime, nous leur envoyions en retour des infos et les analyses de l'organisation. En fait, il n'existait pas de procédure judiciaire ni de droit à la défense ni la possibilité d'avoir un avocat. Il régnait un chaos complet et le sort de ces milliers de prisonniers demeurait inconnu et incertain.

Une atmosphère de peur et d'anxiété régnait au sein des familles. L'avenir semblait plus sombre que jamais. J'essayais de leur donner de l'espoir et de leur remonter le moral.

Le tournant de 20 juin 1981

Finalement, en juin 1981, Khomeini décide que seule une répression totale peut freiner la popularité montante des Moudjahidines et veut éliminer physiquement les dirigeants du mouvement. Cependant, la tentative d'assassinat de Massoud Radjavi et de son suppléant Moussa Khiabany provoque une vive réaction. Dans la foulée, Khomeini limoge également le président Bani-Sadr pour avoir pris position contre la torture et la répression.

C'est dans cette atmosphère de peur et de terreur que le 20 juin 1981, une manifestation pacifique à l'appel des Moudjahidines est organisée. Elle aura rassemblé plus de 500 000 manifestants à Téhéran et des milliers dans toutes les villes d'Iran qui protestent contre la dictature de Khomeini. Celui-ci y répond par des tirs à balles réelles sur la foule et par des fatwas ordonnant le massacre des Moudjahidines et de leurs sympathisants.

Dès le lendemain, des adolescents de 13 à 16 ans sont envoyés par dizaines devant les pelotons d'exécution. Leurs noms et leurs photos sont publiés dans les journaux officiels.

Il s'est agi d'une répression sans merci des Moudjahidines musulmans, justifiée par les mollahs sous les accusations de « Monafegh » ou « hypocrite », à savoir « faux musulman », et enfin de « Mohareb » et de « terroriste ». Cette accusation de « Mohareb », proférée contre des manifestants et opposants au régime des mollahs, signifie littéralement « ennemi de Dieu ». Et selon le code de la charia en vigueur en Iran, toute personne accusée d'être Mohareb est passible de la peine de mort.

Pour justifier ces tueries auprès de l'opinion publique et des pays occidentaux, les exécutés ont été présentés comme des terroristes et contre-révolutionnaires au service de grands pays arrogants, comme les USA, cinquième colonne de l'Irak avec lequel Khomeini était en guerre.

Après les événements du 20 juin 1981, qui avaient plutôt l'air d'un coup d'État des Gardiens de la Révolution de Khomeini (les pasdarans), l'ère des activités politiques même semi-clandestines prenait brutalement fin. Désormais, notre pays était occupé par des fascistes fanatiques et islamistes, une sorte de nouvelle Gestapo.

Les débuts d'une vie clandestine

La nuit du 19 juin 1981 a été la dernière dans la maison de mes parents. Mon frère Ahmad et moi, qui étions connus comme sympathisants des Moudjahidines du peuple dans notre quartier, avons été obligés de quitter notre foyer pour trouver refuge chez des familles lointaines, des amis ou des sympathisants de l'OMPI.

Je me souviens bien de la soirée du 20 juin ; après la répression dans le sang des manifestations, on s'attendait au pire. Il était évident que rester à la maison était trop dangereux, du fait des rafles des pasdarans et des arrestations arbitraires.

La rapidité des événements m'a surprise. Je n'avais pas eu le temps de m'organiser une planque. Je savais qu'à chaque nouvelle étape, il y avait un prix à payer. Mais où pourrais-je aller?

J'étais en train de réfléchir lorsque Mahmoud, mon grand frère, sonna à la porte. Il avait entendu parler des nouvelles répressions et était inquiet pour Ahmad et moi. Il nous a emmenés dans la famille de sa femme, comme si de rien n'était. Cela m'a donné du temps pour trouver d'autres refuges.

Lors de ces jours et nuits d'errances éprouvantes, j'avais une autre préoccupation. Maman était tombée gravement malade et était hospitalisée à Téhéran. Son absence, son grand soutien sur lequel nous pouvions compter, se faisait cruellement sentir.

J'étais aussi inquiète pour Ahmad que je devais protéger. C'était un mineur d'à peine 16 ans qui, malgré son jeune âge, avait déjà été arrêté et torturé à deux reprises. Ahmad, mon petit prince aux yeux bleus et cheveux blonds, était très beau et il ne laissait personne indifférent. Cela ne jouait pas en sa faveur, car son visage inoubliable marquait les esprits.

Pour parer à ce problème, j'avais proposé à Ahmad de changer de look. J'avais acheté de la teinture noire pour lui colorer les cheveux. Je lui ai appris à le faire lui-même. Il portait aussi de grosses lunettes de soleil noires.

Pour moi, c'était différent. Je portais le tchador noir ou coloré et fleuri et j'arrivais à me dissimuler dans la foule.

Ah, Pissenlit !
Jour et nuit les nuages du monde entier
Pleure dans mon cœur.

Mahdi Akhavan-Sales[19]

Après les événements du 20 juin, je suis devenue membre de l'« Unité d'enquête sur les martyrs et les prisonniers politiques » à Racht. J'avais également accepté d'être la correspondante du quotidien « Moudjahid » dans ma ville. J'étais chargée de fournir au « Moudjahid » des rapports, de l'information et des photos sur les victimes du régime des mollahs, une tâche très dangereuse dans de telles conditions.

En moins de trois mois, j'avais pu établir des contacts avec les familles de dizaines de prisonniers politiques et de personnes exécutées à Racht et dans les villes environnantes. Les familles mettaient à ma disposition tout ce qu'elles avaient concernant les martyrs, que ce soit des documents, des photos, des papiers d'identité ou des biographies, lettres ou mémoires de leurs bien-aimés.

Honnêtement, c'était un travail difficile et une lourde responsabilité. À l'époque, j'avais le sentiment qu'il était plus difficile d'être témoin des souffrances et du martyre de cette génération, si jeune, de Moudjahidines du peuple. J'aurais préféré assumer une autre responsabilité. Aujourd'hui encore, il m'est difficile de me souvenir de cette époque. Rencontrer et m'occuper des familles

[19] Mehdi Akhavan-Sales ; 1928-1990, surnommé Omid « Espérance », est un des pionniers de la poésie moderne persane.

endeuillées qui chérissaient leurs proches, m'asseoir à leurs côtés et écouter leurs chagrins, parler et pleurer avec elles, enregistrer les biographies, les mémoires des martyrs, et leur demander de me fournir des documents et des photos...

Après toutes ces années, les images et les visages de ces nobles familles sont toujours gravés dans mon esprit. Ces familles de martyrs tels que : Haji Morad Haghdoost, jeune homme de 21 ans; Mina Shabanpour, étudiante de 14 ans; Mohammad-Hassan Tawaf, bachelier de 19 ans; Mohammad-Reza Koolaii, technicien de 28 ans; Nasser Nahayat-Biene, étudiant de 23 ans; et aussi Akram Nikraftar, ma camarade de lycée de 20 ans ; Moussa Wafaei-Taraz-kohi, ce peintre de 30 ans; Seyed-Mahmoud Hojati, un enseignant de 27 ans originaire d'un des villages de Fouman qui était marié et avait un enfant; Massoud Nasrollah-Zadeh, 20 ans, tombé en martyr sous la torture; Hojjat Bozorgzadeh-Sindi, un enseignant de 24 ans; Tahmineh Shakeri, un lycéen de 17 ans; le Dr Ali Pour-Masalehgou, prisonnier politique pendant le règne du Chah et candidat de l'OMPI à Racht pour les élections législatives. Et tant d'autres qui ont été martyrisés à Racht et dans les villes environnantes en juillet, août et septembre 1981.

Je garde en mémoire ces visages des familles avec leur douleur, leurs larmes et leur souffrance.

Mina
Shabanpour

Mohammad-Reza
Koolaii

Tahmineh
Shakeri

Dr Ali
Pour-Masalehgou

Mohammad-
Hassan Tawaf

Haji-Morad
Haghdoost

Moussa
Wafaei-Taraz-kohi

Massoud
Nasrollah-Zadeh

Mahmoud
Hojati

Cinquième carnet

Une séparation déchirante

L'été 1981, ma mère a été hospitalisée à Téhéran en raison d'un cancer de l'œsophage. Comme j'étais déjà rentrée en clandestinité depuis le 20 juin, j'étais sans nouvelles de maman. Elle me manquait terriblement. Savoir qu'elle était en contact avec l'organisation me rassurait un peu.

C'est au mois d'août que j'ai décidé de lui rendre visite. De Racht à Téhéran, il y a 6 heures de route. Pour cette première visite, je suis allée à Téhéran avec mon frère Ahmad. Pour éviter la station des bus, située en centre-ville et trop risquée pour Ahmad, nous sommes allés sur la route Racht-Téhéran et nous sommes montés à bord d'un camion. Ce n'était pas du tout une pratique courante, surtout pour une jeune fille. J'avais la peur au ventre et je comptais sur Ahmad. Heureusement que le chauffeur était quelqu'un de bien ; il est même devenu ami avec Ahmad.

Maman était hospitalisée à l'hôpital Shohadae de Tajrish, au nord de Téhéran. Une de ses cousines était infirmière en chef de cet hôpital. Maman était très contente de nous voir. Elle était très maigre et affaiblie, mais son esprit était toujours aussi vif et gai.

Je l'ai informée des dernières analyses de l'organisation et des dernières nouvelles. Tout ce dont nous lui avons parlé, c'était de la résistance et de notre combat contre la dictature des mollahs. Chaque question que je lui posais sur sa maladie était contournée, elle changeait de sujet. J'ai appris plus tard qu'elle ne voulait pas que nous sachions qu'elle avait un cancer, de peur que cela n'affecte notre état d'esprit.

La deuxième fois, je suis allée seule à Téhéran en bus, pour voir ma mère. Je suis arrivée à Téhéran vers 19 heures. L'arrêt du bus était sur la place d'Azadi, près de la maison d'une tante de ma mère. Je voulais y rester pour la nuit. J'ai sonné plusieurs fois mais personne n'a ouvert. Apparemment il n'y avait personne à la maison. Il était environ 20 heures lorsque j'ai téléphoné à la cousine de ma mère. Celle-ci en me donnant son adresse m'a dit : « Malheureusement, je ne peux pas venir te chercher. Prends un bus ou un taxi ».

Il faisait nuit. Elle habitait très loin. Il n'y avait plus de bus. Je n'osais pas prendre des taxis vides, sans passagers, car j'avais en tête toutes les histoires que j'avais entendues de ma grand-mère quand j'étais enfant, au sujet du viol de jeunes filles à Téhéran.

Trois dames qui attendaient une voiture, un peu devant moi, sont montées dans une sorte de taxi privé. Je suis montée avec elles et me suis assise sur le siège avant.

Je voulais aller à l'intersection de Qasr. Mais après quelques minutes, les dames sont descendues et je suis restée seule avec le chauffeur.

Bien que ne connaissant pas très bien les rues de Téhéran, j'essayais de bien les regarder pour ne pas rater l'endroit où je voulais descendre. Le conducteur était un homme d'âge moyen, environ 40-45 ans, avec une barbe de 3 jours et un gros “bidon”. Je me suis enveloppée dans mon tchador noir. Le chauffeur a commencé à me parler.

— Vous êtes de la Province ?

— Non monsieur.

— Où vas-tu à cette heure de la nuit ?

— À la maison.

Nous sommes arrivés à l'intersection du Qasr, mais au lieu de s'arrêter, il s'est dirigé vers une rue latérale qui était en montée. J'étais terrifiée. Mon Dieu, la seule chose qui me manquait c'était ça !

J'ai crié avec colère :

— Arrêtez ! Arrêtez ! Je veux descendre !

— Oh, pourquoi une jolie fille comme toi est de si mauvaise humeur… ne te fâche pas, je veux aller t'acheter une glace !

Au virage suivant, il a dû ralentir un peu ; j'ai ouvert la portière, j'ai sauté de la voiture et j'ai commencé à courir. Il était 22 heures. Les rues étaient désertes et mon cœur battait la chamade. Je suis arrivée à l'intersection de Qasr. J'ai demandé à la police de la circulation de m'indiquer l'adresse que je cherchais et pour faire bref, je suis rentrée à 23 heures.

— Pourquoi tu arrives si tard ? T'as eu des ennuis ? m'a demandé la cousine de maman.

— Non, juste un petit problème de taxi, lui ai-je répondu.

Le lendemain, je suis allée voir ma mère et je lui ai raconté l'histoire. Elle m'a suppliée et fait jurer de ne pas revenir à Téhéran pour la voir.

En septembre, après plusieurs interventions chirurgicales sans résultats, maman est retournée à Racht. Son œsophage était bloqué et elle était nourrie à l'aide d'une sonde et de poches alimentaires. Elle s'installa dans la maison de sa sœur pour qu'Ahmad et moi puissions aller la voir. L'après-midi du 11 septembre 1981, je suis allée chez ma tante pour lui rendre visite. Maman était tellement faible qu'elle ne pouvait même pas s'asseoir. Mon cœur s'est brisé quand je l'ai vue. C'était très douloureux pour moi de la voir dans cet état. Mais j'avais rendez-vous avec une membre de la résistance et je devais y aller. C'était déchirant de laisser maman dans ces circonstances. Quand elle a compris que je voulais partir, elle m'a dit :

— N'y va pas, reste un peu plus longtemps.

La réaction de maman m'a bouleversée. J'étais prise dans une contradiction amère et difficile. Ma mère, le plus grand amour de ma vie, ou mon combat pour la liberté. Il y avait une tempête en moi, j'essayais de me contrôler et d'empêcher mes émotions de déborder.

— Ma très chère petite maman, j'ai peur d'être en retard. Si quelque chose arrive à mon amie et qu'elle est arrêtée à cause de moi, je ne pourrais pas me le pardonner. Mais je reviendrais te voir, je te promets.

Maman était allongée sur le lit, je me suis penchée sur elle pour lui faire des bises ; elle tourna lentement son visage, ses beaux yeux étaient pleins de larmes. Je l'ai embrassée et je suis partie troublée.

Ahmad et ma tante Zari étaient témoins de cette scène. Ma tante était en colère contre moi et de façon à ce que ma mère n'entende pas, elle me dit discrètement :

— Si tu veux continuer avec l'OMPI, ne viens plus chez moi.

— OK. On fait comme ça.

Je savais que c'était très dur pour elle de me dire ça. J'étais son chouchou dans ma petite enfance. Elle n'arrivait pas à comprendre que je puisse moins aimer ma mère que mon combat pour la liberté.

Ahmad m'a accompagnée jusqu'à la porte. Il m'a demandé ce que je voulais faire.

— Le combat n'est pas fini. Je continue, ai-je répondu.

— Alors tu peux passer mon message ? Dis à l'organisation que ma connexion a été coupée.

— D'accord, ne t'inquiète pas. Reste ici, ils vont te contacter.

Au bout de la ruelle, j'ai tourné la tête et j'ai regardé en arrière. Il était toujours debout dans l'embrasure de la porte, me fixant de son doux regard bleu. J'ai alors eu l'étrange sentiment que ce serait notre dernière rencontre. Ce 11 septembre 1981 fut la dernière fois que j'ai vu Ahmad.

Deux jours plus tard, le 13 septembre 1981, j'étais arrêtée.

Sixième carnet

Arrestation dans la rue Pamchal, à Racht

L'après-midi du 13 septembre, aux environs de 15 heures, j'étais en route pour assister à la cérémonie de la commémoration d'une amie très proche qui venait d'être exécutée.

J'étais pressée. J'aurais dû arriver plus tôt.

Sousan Shademani, étudiante de 19 ans à l'Institut des Hautes études en infirmerie de Racht, était mon amie et nous avions milité ensemble jusqu'au 20 juin 1981. Elle était très belle et courageuse, passionnée et infatigable. Toujours souriante, pleine d'amour, d'énergie et de passion pour la vie. Elle a été exécutée deux ou trois jours après son arrestation. Une célérité incroyable des bourreaux !

Sousan Shademani a été arrêtée en pleine rue par des agents du régime dont elle avait éveillé les soupçons, en tant que sympathisante de l'OMPI. Elle avait résisté lors de son arrestation de toute sa force. En prison, Sousan fut brutalement torturée. Pourtant, pendant les longues heures de torture, elle n'arrêtait pas de scander des slogans contre les mollahs. Après la séance de torture, les sbires criminels de Khomeini la violèrent puis la firent fusiller par un peloton d'exécution.

J'avais vu sa mère la veille. Elle m'avait dit que rares étaient les parties de son corps sans traces de torture. Ses vêtements étaient en lambeaux et le médecin légiste avait déclaré qu'elle avait été sauvagement violée. D'un moral à toute épreuve, la mère de Sousan avait donné son accord pour une cérémonie d'hommage en me disant : « Je suis fière de ma fille qui a résisté à la torture et au peloton d'exécution, et qui laisse ainsi un héritage épique à travers son acte héroïque. »

La cérémonie devait se dérouler à leur domicile, rue de Pamchal à Racht. Je devais y représenter l'organisation de l'OMPI à la cérémonie. Je tenais fermement la feuille pliée du communiqué de l'OMPI dans mon poing, sans la moindre hésitation sur ce que j'avais à faire.

Ce n'était pas la première fois que je me rendais à une cérémonie d'hommage aux martyrs. Selon la tradition iranienne, les troisième, septième et quarantième jours après le décès, les familles organisent à nouveau une commémoration. Lors de ces cérémonies, après avoir lu en public le communiqué de l'OMPI rendant hommage au martyre, je scandais le slogan de « Mort à Khomeini » avant de quitter rapidement les lieux. Notre objectif était de briser le tabou de la peur et de la terreur instaurées par Khomeini. Notre participation équivalait à une opération militante. Des opérations non moins dangereuses que des opérations militaires ! En tout cas, nous nous efforcions d'éclairer et de convaincre les gens effrayés et intimidés, en leur désignant le responsable de ces crimes inhumains. Nous devions faire passer le message des victimes qui avaient résisté à la barbarie des mollahs.

Tandis que je révisais mes pensées et mon plan, j'approchais de la maison de Sousan et remarquais que la situation semblait inhabituelle. J'y étais déjà allée auparavant et je connaissais le quartier.

Il y avait une procession anormale de voitures et d'hommes en habit civil dans les environs. Des visages suspects apparaissaient çà et là.

Très vite, je compris que j'étais tombée dans un piège. Mon cœur battait la chamade et l'idée de ma capture et des tortures qui s'ensuivraient me traversa l'esprit. Il me fallut quelques secondes pour me résoudre à avancer vers les étapes suivantes.

Je m'étais déjà préparée mentalement et je savais quoi dire dans le cas où je serais arrêtée par un Gardien de la Révolution ou par des mercenaires Bassidjis, avant la cérémonie.

Alors que je pénétrais dans l'allée, juste à quelques mètres de la maison de Sousan, un Bassidji en habit civil venant de nulle part s'est soudainement approché de moi :

— Donne-moi ton sac, m'a-t-il dit.

— Pourquoi ? ai-je répondu de façon informelle.

— Nous te soupçonnons.

—Voilà mon sac, ai-je dit avec calme en le lui tendant d'un air indifférent.

Pendant qu'il fouillait mon sac, j'ai essayé d'avaler le papier du communiqué de l'OMPI que je devais lire lors de la cérémonie. Bien qu'écrit sur un papier très fin, il ne passait pas facilement. En fait, ce papier froissé était coincé dans ma gorge.

En un clin d'œil, je me suis retrouvée entourée de pasdarans. Ils me soupçonnaient d'être sympathisante des Moudjahidines.

À l'époque, ce simple soupçon suffisait pour que l'on soit arrêté, torturé et exécuté. Ces criminels ne connaissaient pas de limites. Khomeini leur avait donné carte blanche. Il les avait rassurés par une fatwa :

« La vie, les biens et les proches des Hypocrites (OMPI) n'ont aucune valeur et personne ne sera tenu pour responsable s'ils meurent sous la torture. »

Combien ont perdu la vie sans avoir eu pour autant la moindre activité ou un passé politique, à cause du seul soupçon des pasdarans du régime ?

Ils m'ont demandé de monter dans leur voiture pour aller au quartier général des Pasdarans. Cela signifiait mon arrestation et ma condamnation à mort.

Donc, j'ai décidé de résister de toutes mes forces. J'ai protesté contre cette arrestation arbitraire et me suis mise à crier pour appeler à l'aide. J'étais submergée par le stress et la colère et mon cœur battait trop fort. J'étais rouge et j'avais très chaud. Mes efforts attirèrent des voisins et des gens du quartier autour de nous. Des dizaines d'hommes et de femmes ont quitté leur maison et sont descendus dans la rue. Tout le monde était inquiet.

Un voisin se détacha et hurla aux Gardiens de la Révolution qu'ils n'avaient aucun droit de m'emmener au poste des pasdarans, puis une autre s'approcha, elle tentait d'expliquer aux gardiens qu'elle me connaissait depuis longtemps et que je n'avais rien fait de mal, leur demandant de me laisser partir.

Pendant que les gens se disputaient avec les Gardiens de la Révolution, j'en profitai ; ma gorge était sèche et le papier froissé m'étouffait : « Un verre d'eau, s'il vous plaît », ai-je dit à une dame qui se tenait chez elle, à nous regarder.

Alors que des gardiens discutaient avec la foule, soudain l'un d'entre eux, un costaud, grand comme un gorille, m'a soulevée du sol. Je me suis trouvée face à ce gorille et dans ses bras. J'ai attrapé sa barbe que j'ai tirée de toutes mes forces. Il me relâcha, mais d'autres pasdarans se resserrèrent autour de moi. Pour disperser la foule, les pasdarans tirèrent en l'air à balles réelles. Ensuite, ils essayèrent de me faire monter de force dans leur voiture. J'ai été jetée à terre ; les uns m'ont attrapée par les jambes pendant que deux autres me poussaient à l'intérieur. Je hurlais en agrippant le bas de la portière avec mes mains. Finalement, ils m'ont jetée dans la voiture et ont vite quitté la zone. Sur le siège arrière, j'étais entre les deux pasdarans qui m'avaient attrapée. La situation était extrêmement grave. L'un des pasdarans, le gorille, me frappa violemment au visage et passa son bras autour de mon cou en m'étouffant presque. Pour avoir une bouffée d'air, je lui ai mordu le bras de toutes les forces qui me restaient.

Maintenant, il essayait de libérer son bras, mais je ne lâchais pas.

— Sale hypocrite ! Chienne ! Chienne ! criait-il en me frappant la tête.

Quelques minutes plus tard, j'ai pu apercevoir la rue depuis la fenêtre. Nous sommes passés devant la place

Farhang. Je me suis dit que c'était peut-être la dernière fois que je la voyais. C'était juste avant le coucher du soleil. Après toutes ces années, je me souviens encore des couleurs tristes de ce coucher de soleil.

Septième carnet

Interrogatoires et tortures à la prison de Sepah

Lorsque nous sommes arrivés au quartier général des pasdarans, ils ont recommencé à me battre.

Ensuite, j'ai été emmenée dans une pièce où plusieurs femmes pasdarans étaient chargées de me fouiller physiquement. Elles m'ont entièrement déshabillée mais n'ont rien trouvé de suspect.

Le soir même, j'étais soumise à un interrogatoire musclé.

J'étais assise sur une chaise, les mains liées et les yeux bandés. D'après le bruit et le bourdonnement des gens, je devinais que nous étions dans une grande pièce. Je recevais de tous côtés des coups de poing et des coups de pied.

Soudain, un sifflement a brisé l'air pour s'abattre sur mon dos. C'était comme si une chaîne de feu cinglait mon dos. Je me sentais brûlée. J'avais le souffle coupé. C'était la première fois que ma peau et ma chair rencontraient les coups de fouet.

Parmi les 74 types de tortures recensées à ce jour, la flagellation par câble reste la plus courante pour des prisonniers politiques.

Les coups se sont succédé. Un, deux, trois... dix... vingt... J'ai cessé de compter et j'ai perdu la notion du temps. Mais j'étais résolue et déterminée à résister.

Pendant ce temps, les questions de l'interrogateur se poursuivaient :

— Nom ?

— Fariba.

— Famille ?

— Sabere.

— Adresse ?

— L'endroit où vous m'avez arrêtée.

— Que faisais-tu là-bas ?

— Rien. Je marchais.

— Menteuse. Tu es Fariba Saboury !

— Non, vous vous trompez.

— Es-tu membre des hypocrites ? Quelle est ta relation avec eux ?

— Vous m'avez confondue avec quelqu'un d'autre.

— C'est facile pour nous de te faire parler ! Nous avons fait parler beaucoup plus solides que toi ! Connais-tu Amir ? Il nous a tout dit !

Je savais qu'Amir, un militant connu de l'OMPI, avait été arrêté avec sa femme enceinte. Il avait cédé sous la torture et collaboré avec les tortionnaires. Il avait vendu son âme au diable et c'était un traître.

Au milieu de toute cette agitation et des coups de fouet, bien que mes mains soient liées, j'ai pu faire glisser un peu le bandeau de mes yeux et j'ai entrevu la scène. Il y avait environ dix à quinze pasdarans dans la pièce. L'inspecteur principal était assis derrière une grande table. Il devait avoir environ 25 ans. Son visage au front haut et sa barbe surannée le faisaient ressembler à Lénine. Cette ressemblance était à l'origine de son surnom de Léninecheh (petit Lénine). Il a été surpris par mon geste. Cela m'a coûté cher. L'homme à côté de moi m'a giflée si fort qu'une de mes dents s'est cassée. Cependant, lors des interrogatoires, je ne me sentais pas vaincue, au contraire, je restais confiante. Je n'avais donné aucune information sur moi-même en leur donnant un pseudonyme. Personne ne me connaissait vraiment.

De leurs questions, j'ai déduit qu'ils m'avaient confondue avec quelqu'un d'autre. Il n'y avait aucune preuve contre moi. Mon seul crime était d'avoir résisté à une arrestation illégale et arbitraire car, comme ils me l'avaient dit, « ils avaient des soupçons sur moi. » En fait, ils n'avaient rien contre moi à ce moment-là.

Le soir, après mon interrogatoire, je me suis sentie épuisée, usée, comme si j'avais creusé la terre des heures durant. Il m'a été impossible de m'allonger sur le dos pendant des semaines. Tout mon dos était meurtri et douloureux à cause de la flagellation ; il était rayé comme celui d'un zèbre...

En ces temps-là, il y a eu tellement d'arrestations que le régime ne perdait pas de temps pour enquêter. Ceux qui étaient arrêtés pouvaient connaître deux destins : soit ils étaient identifiés par les Gardiens de la Révolution comme des soutiens des Moudjahidines du peuple d'Iran, et leur sort était rapidement réglé, par une exécution ; soit ils faisaient partie du deuxième groupe, celui sur lequel des soupçons pesaient. En réalité, ceux-là, victimes d'arrestations massives et arbitraires, étaient transférés en prison pour y être identifiés, pendant une durée indéterminée…

Le sous-sol de la prison de Sepah

Les premiers jours de ma détention, j'ai été emprisonnée dans un sous-sol de la prison de Sepah à Racht, connue sous le nom de prison de Hanife. À l'époque du Chah, le bâtiment était un grand lycée de garçons qui avait été confisqué par les mollahs pour devenir le siège central des pasdarans et un centre d'interrogatoires et de torture.

Tous les déplacements des détenus de la prison de Sepah avaient lieu les mains liées et les yeux bandés par un morceau de tissu noir très serré. Monter et descendre des escaliers nous a permis de réaliser que nous nous déplacions à différents étages.

La cellule en sous-sol de Sepah ressemblait plus à une boîte de béton de 4 mètres sur 5, éclairée d'une faible ampoule. À l'exception d'une porte en fer surmontée d'une imposte à hauts barreaux, il n'y avait pas d'issue. Le plafond était si bas que nous pouvions facilement le toucher. Il s'agissait de la première cellule d'une rangée de 4 à 6 réservées aux détenus de sexe masculin. Devant les cellules, il y avait un mur haut, à environ deux mètres de distance, qui formait un long couloir.

L'intérieur de la cellule était complètement vide. Il n'y avait ni robinet ni lit, rien que quelques couvertures sales de soldats, gisant sur le sol. On nous emmenait aux toilettes trois fois par jour.

Le premier jour, ils ont également amené Zahra Khabazkar dans cette cellule. Elle avait été arrêtée le 14 septembre, un jour après moi. Zahra était très drôle et joyeuse et se retrouver avec elle dans cette cellule était une bénédiction. Le lendemain, Farideh et deux autres filles nous ont rejointes. Elles avaient aussi été arrêtées dans la rue, sur un soupçon. Je connaissais déjà Zahra et Farideh, et nous avons échangé nos expériences sur les interrogatoires. Le principe était que nous ne devrions pas donner la moindre information sur nous-mêmes ou les autres. Tout mot superflu serait une cause de problèmes…

Même si la fin de l'été approchait, la chaleur dans cette cellule était suffocante.

Aussi, nous nous relayions, debout près de la fenêtre pour reprendre notre souffle et respirer un peu. À cause de ce haut mur, on ne pouvait même pas voir le ciel depuis cette fenêtre. Tout ce que nous pouvions voir, c'était un mur, rien qu'un mur…

Après une semaine de protestations continues contre le manque d'hygiène et notre situation déplorable, ils ont accepté de nous envoyer prendre une douche. Deux gardiens sont venus pour nous amener à la section des hommes en disant :

« Ils sont dans leurs cellules ! Vous pouvez prendre une douche rapidement. »

Prendre une douche sans aucune commodité, ni serviettes ni vêtements de rechange ; juste un morceau de savon. Je portais un tchador noir lorsque j'ai été arrêtée et sous le tchador je portais une robe en coton à fleurs bleues. Je n'avais pas d'autres vêtements. Je les ai lavés et les ai portés, mouillés, et je suis retournée dans ma cellule avec mon tchador.

Dans cette cellule, nous étions coupées du monde. Ni radio, ni journaux, ni visites de famille. À part nos allers et retours en salle d'interrogatoire.

Photo souvenir

Un jour, ils ont amené le photographe de Sepah pour nous prendre en photo avec un numéro autour du cou. J'ai protesté.

— Au lieu de nous libérer, vous voulez prendre des photos pour remplir votre dossier !

Après le départ des gardiens, Zahra m'a dit avoir regardé les positifs de ces photos. Après la victoire et la chute des mollahs, ces photos avec un numéro autour du cou seraient pour nous des documents de fierté et d'honneur. Comme les photos des fondateurs de l'OMPI qui ont été publiées après la chute du Chah...

Quelques jours plus tard, un des gardiens de prison, nommé Alireza Khoshhal, qui s'est fait amputer de la jambe pendant la guerre, m'a appelée :

— Fariba Saber ! Fariba Saber !

Je suis allée devant la porte. Soudain, il m'a tendu par la fenêtre une photo et m'a dit d'un ton moqueur, dans la langue locale du Nord :

— C'est toi ?! Je sais. Je te connais. Tu es la sœur de Mahmoud.

J'ai été stupéfaite pendant un moment. C'était ma photo. Une photo souvenir prise par Ahmad le 1er avril 1981, sur les bords de la rivière Sefid-Roud. J'avais dit en plaisantant à Ahmad de prendre une photo artistique de moi. Mais que faisait cette photo dans leurs mains ? Avaient-ils attaqué notre maison ? M'avaient-ils identifiée ?

J'ai essayé de ne pas perdre la face et de garder mon sang-froid :

— Eh bien ? Peu importe que ce soit ma photo ou non. Quelle différence cela fait-il ? ai-je dit calmement en retournant à ma place.

Le geste de ce gardien – qui ne se tenait plus de joie – et ses paroles et son accent ridicule sont devenus un sujet de blagues pour Zahra. Elle me disait :

« Il a brandi ta photo comme un trophée en réalisant que tu es la sœur de Mahmoud, comme s'il avait vaincu l'Irak pendant la guerre ! »

J'ai appris plus tard que tout le monde pensait que j'avais été tuée lors de mon arrestation dans la fusillade des Gardiens de la Révolution. Papa et Mahmoud m'avaient recherchée dans tous les hôpitaux, prisons et même les cimetières…

Plus amer que la torture

Un soir, j'ai entendu le tortionnaire qui hurlait :

— Dis ! Dis-moi !

La salle des interrogatoires était située au rez-de-chaussée, juste au-dessus de notre cellule.

Je ne savais pas quels prisonniers étaient soumis à la torture. De la petite fenêtre aux barreaux de fer, je pouvais voir l'ombre du tortionnaire qui se dessinait sur le mur, en face de la porte. L'interrogateur était Abdullah Sarpanah, l'un des commandants des pasdarans, à

Racht. Mais la victime ? Je n'ai jamais su qui c'était. Pendant tout l'interrogatoire, je l'ai entendu répéter :

— Je ne sais pas ! Je ne sais pas !

C'était la première fois que je me trouvais être témoin de la torture des autres, c'était encore plus douloureux que de me retrouver moi-même sous les coups ! Chaque câble qui atterrissait sur le corps de ce compagnon de route m'en faisait ressentir la douleur et la brûlure.

Dans les prisons du régime de Khomeini, le but de la torture et des mauvais traitements infligés aux prisonniers n'était pas simplement d'obtenir des informations, mais de vous dépouiller de vos qualités humaines jusqu'à devenir un être sans conscience et sans humanité. Une pauvre créature métamorphosée et obéissante. À cet égard, chacun, du plus haut responsable de la prison au plus bas, était libre de harceler et d'opprimer les prisonniers comme il l'entendait. Ceux-ci ne cessaient d'être torturés d'une façon bestiale et soumis à diverses pressions, y compris au tout dernier moment de l'exécution.

Huitième carnet

Transfert à la prison du club des officiers (Afsaran)

Environ dix ou quinze jours plus tard, j'ai été transférée à la prison du club des officiers (Afsaran) à Racht. Avant la Révolution, ce bâtiment était le club des officiers de la marine, destiné aux fêtes et aux mariages. Il a été confisqué par les pasdarans qui en ont fait une prison politique.

Quand ils m'ont transférée, il faisait nuit et, les yeux bandés, je ne savais pas où on allait. Ils m'ont ouvert la porte d'une cellule et je suis entrée. La pièce, qui n'était pas grande, était bondée et comptait plus de 20 femmes. La plupart des visages m'étaient familiers. Mais la règle voulait que je ne manifeste aucun signe de reconnaissance. Zahra et Farideh étaient déjà là.

— Où sommes-nous ? ai-je demandé aux filles.

— À la prison du club des officiers de la marine (Afsaran) et ici, c'est la cellule des condamnées à mort ou à perpétuité. Notre cellule est à côté de la section des hommes.

Zahra a proposé que l'on se présente une par une. C'était une façon de savoir quel était le statut de chacune. Je me suis présentée ainsi :

— Je m'appelle Fariba Saber. J'ai été arrêtée dans la rue le 13 septembre et je n'ai pas encore été jugée.

— Alors, en l'honneur de notre nouvelle invitée, on organise un concert, suggéra avec bonne humeur Fakhri Vahedi, une lycéenne de 16 ans, condamnée à la perpétuité.

Le groupe des chanteuses était composé de Fakhri, Naimeh et Pouran. Elles nous ont chanté une chanson humoristique sur la nourriture en prison. C'était très amusant ! Le moral de ces prisonnières témoignait de la force de leur résistance et j'étais heureuse d'être parmi elles.

Après cette séance artistique vint l'heure du coucher. Sakineh Saderi-Bibalan s'est joyeusement approchée de moi et m'a proposé de m'allonger à côté d'elle. Je lui chuchotai à l'oreille que j'étais heureuse de la voir, qu'elle m'avait beaucoup manqué.

Il peut paraître curieux qu'on puisse être heureux de voir une amie ou une connaissance en prison car logiquement, ça devrait être le contraire. Mais sous le régime de Khomeini, c'était logique ou du moins compréhensible car en fait, on se réjouissait de savoir la personne encore en vie ; ce qui l'emportait sur le sentiment de regret de la voir emprisonnée.

Sakineh était ma meilleure amie depuis le lycée. Nous étions comme des sœurs. Elle faisait partie de notre famille. Maman l'adorait. Elle a été arrêtée à son domicile bien avant moi. Il n'y avait rien dans son dossier. Sakineh a subi des interrogatoires musclés et une série de tortures. Mais son moral était intact. Je m'étais tellement immergée dans la conversation avec Sakineh que j'en avais oublié où j'étais. Soudain, j'ai remarqué que l'une des prisonnières, qui était assise à une courte distance de nous, nous regardait, très gentiment.

Je ne la connaissais pas. Elle avait environ 25 ans, des cheveux noirs et la peau un peu mate, elle était belle.

— Qui est-elle ? Pourquoi est-elle là ? ai-je demandé à Sakineh à voix basse.

— C'est Fatemeh Khorassani, membre de l'OMPI. Son dossier est vide, à part le fait que les juges religieux lui reprochent son mariage avec un membre des Moudjahidines, m'a répondu Sakineh.

— Quoi ? Son mariage !

— Oui. Les juges religieux prétendent que le mariage entre une femme et un homme membre des Moudjahidines est caduc et que ce mariage est contraire à la religion. Elle a été fouettée pour avoir eu une liaison illicite avec son mari !

Je n'en revenais pas. C'est incroyable de tuer les gens, sous n'importe quel prétexte. Fatemeh Khorassani a été exécutée dans la prison de Racht, quelques semaines plus tard.

Le lendemain, les gardiens sont venus me chercher pour me changer de cellule.

Section femme numéro 1

La nouvelle cellule était la section femme, numéro 1, une pièce de 4 mètres sur 6, peut-être plus. Nous étions entre 35 et 45 prisonnières. Une combinaison de personnes très différentes qui venaient d'être arrêtées et dont les peines n'avaient pas encore été déterminées.

Il n'y avait pas de limite d'âge ; ni les enfants ni les vieillards n'étaient à l'abri du ressentiment haineux et hystérique du régime de Khomeini.

Dans cette cellule, il y avait aussi bien des écolières de 14 ans, comme Massoumeh Yazdani, que des grand-mères de 60 ans comme mère Ganjei.

Je connaissais mère Ganjei. C'était une amie de ma mère. Elle aussi avait été arrêtée quelques jours après moi, à la maison de Sousan Shademani. Mère Ganjei était issue d'une famille très célèbre de Racht. Un de ses fils avait été candidat des Moudjahidines du peuple pour les élections législatives. La raison de son arrestation était de se venger de l'adhésion de son fils Jalal Ganjei[20] au Conseil national de la Résistance iranienne (CNRI)[21] basé en France et de son soutien aux Moudjahidines. C'était une femme courageuse et bien informée. L'ironie de l'histoire, c'est que son autre fils était l'un des hauts responsables du régime des mollahs. Mais cela ne l'a pas épargnée. Plus tard, elle a été libérée, mais elle a gardé des séquelles de sa détention jusqu'à sa mort.

[20] Ayatollah Jalal Ganjei est président du Commission de la liberté des religions et des confessions du Conseil national de la résistance iranienne (CNRI). Il a été emprisonné par le Chah d'Iran et poursuivi par le régime des mollahs. L'ayatollah Ganjei prêche la liberté et la tolérance de la religion et l'égalité des sexes.

[21] Le Conseil national de la Résistance iranienne (CNRI) une vaste coalition d'organisations, de groupes et de personnalités démocratiques iraniens, a été fondé en 1981 à Téhéran à l'initiative de Massoud Radjavi, le dirigeant de la Résistance iranienne. Il représente un large éventail des tendances politiques en Iran. Parlement en exil, le CNRI a pour objectif l'instauration d'un gouvernement démocratique, laïque et de coalition en Iran. Les bureaux du Conseil national de la Résistance iranienne en France sont à Auvers-sur-Oise.

À cette époque, nous étions plus de 100 prisonnières réparties dans les différentes cellules de la prison Afsaran. La section des hommes était composée de trois grandes pièces et d'un long couloir. Ils étaient bien plus nombreux que nous.

Ce jour-là, je me suis souvenue que la date correspondait à la rentrée scolaire en Iran, connue comme « Avale-Mehr » (premier jour d'automne).

Chaque jour, un groupe de filles du lycée de 14 à 15 ans, arrêtées à l'école, était emmené en prison. Beaucoup d'entre elles étaient totalement apolitiques. Certaines n'étaient que de simples camarades de classe ou amies des sympathisants des Moudjahidines. Par exemple, une étudiante avait reçu un journal le "Moudjahid" d'un camarade de classe qu'elle avait lu. Elles étaient malgré tout ramassées et ramenées dans ces bastions de prison. Il y avait tellement de monde qu'il n'y avait plus la place pour une aiguille dans les cellules.

Il n'y avait aucune commodité non plus. Nous devions dormir par terre, sans aucun équipement. Il n'y avait même pas de place pour que les gens puissent tous se coucher.

Étant donné que la période des interrogatoires était terminée pour la plupart des filles, on aurait pu s'attendre à une amélioration des conditions de notre détention. Loin de là ; en ce qui concerne la nourriture, nous étions vraiment sous pression. On avait toujours faim. On nous donnait juste ce qu'il fallait pour ne pas mourir. Pour le petit-déjeuner, il y avait un morceau de pain de la taille d'une main, dix grammes de fromage et un verre de thé tiède et fade. Pour le déjeuner et le dîner, ce n'était pas mieux. Du riz collant ou un peu de soupe claire et sans ingrédients, ou une purée de haricots et de pois chiches.

Les bourreaux eux-mêmes n'ont-ils pas dit à plusieurs reprises aux détenus que : « La prison n'est pas un hôtel. Le gouvernement n'a pas d'argent gratuit pour nourrir les prisonniers ! »

Notre vaisselle se composait d'une cuillère en zinc, d'une assiette et d'un verre en plastique de mauvaise qualité. Cuillère à soupe en métal argenté, couteaux et fourchettes étaient interdits.

L'hygiène était déplorable. Pas de douche ni cuvette ni w-c. Les gardiens de prison emmenaient les prisonnières aux toilettes trois fois par jour. Chaque personne n'avait droit qu'à deux minutes. Et pour laver la vaisselle, il fallait à chaque fois aller au lavabo d'une autre cellule.

En plus de ces pressions physiques, pas un instant les tortures psychologiques ne s'arrêtaient, à cause notamment de la présence des repenties, des traîtres et des espionnes dans la cellule. Leurs rapports mensongers nous rendaient le quotidien encore plus difficile. Certaines étaient allées si loin dans la trahison qu'elles en arrivaient même à être chargées de donner le coup de grâce aux exécutées, et ne se gênaient pas pour faire tout ce que les bourreaux leur demandaient.

En raison des rapports de ces ordures, j'ai encore dû changer de cellule. Car j'étais proche de mère Ganjei et encourageais les prisonnières à résister.

Neuvième carnet

Section femme numéro 2

La cellule numéro 2 était en fait le couloir menant à la salle de réception du club des officiers de la marine. Ce petit couloir comprenait deux lavabos et une baignoire. Cette allée du seul point d'eau pour laver la vaisselle avait été utilisée pour enfermer plus de 15 personnes. Il était si petit et étroit que la nuit, quand nous dormions, nous devions toutes nous allonger sur le côté, comme des sardines. Le couloir avait une fenêtre à l'extérieur. La porte du couloir s'ouvrait directement sur la grande salle dont une partie avait été transformée en poste de gardiens et pasdarans. Chaque jour, 2 ou 3 personnes étaient amenées des autres cellules pour y laver leur vaisselle parce qu'à cette époque, il n'y avait pas d'autre possibilité pour cela. Les conditions de cette cellule étaient, à cause de cela, bien plus terribles que la cellule numéro 1. La présence constante des repenties et des espionnes dans cet espace exigu était vraiment suffocante.

Je ne connaissais d'avant qu'une ou deux prisonnières de cette cellule. Les autres visages ne m'étaient pas familiers. Parmi elles se trouvaient des détenues appartenant à des groupes de gauche et de droit commun. Les noms dont je me souviens sont ceux de Zari Nik-Shenace[22], une lycéenne de 15 ans sympathisante des Moudjahidines, et Farang, lycéenne de 16 ans et sœur de Farah. C'était une fille de petite taille qui faisait plus jeune que son âge. Elle était très malade à cause de la nourriture et des conditions sanitaires de la prison. Je n'avais jamais vu Farang en dehors de la prison, mais sa sœur Farah était membre de mon équipe. Quand elle m'a vue dans la cellule, elle m'a reconnue et m'a discrètement dit qu'elle savait que j'étais Massoumeh Raouf, et que Farah lui avait beaucoup parlé de moi, qu'elle m'admirait. Farang m'a dit qu'elle aurait fait tout ce qu'elle pouvait pour moi. Plus tard, elle est devenue une personne en qui j'avais confiance.

Déconnexion absolue du monde extérieur

À cette époque, personne n'avait droit aux visites. Tout contact avec les familles était interdit. Nous n'avions pas accès à la radio, aux journaux, aux livres ou à quoi que ce soit d'autre que des livres religieux comme le Coran. Nous ne savions pas ce qui se passait à l'extérieur. Seules les nouvelles prisonnières nous rapportaient des infos sur les exécutions des sympathisants de L'OMPI, commises par les Gardiens de la Révolution dans les rues et en prison sous la torture. Cette coupure du monde extérieur, en particulier de nos familles et de nos proches, était mortelle. Il n'y avait aucun moyen d'obtenir des nouvelles et des informations.

---

[22] Zari Nik-shenace était arrêté en août 1981 et libéré en février 1986. Elle a réussi à rejoindre la résistance. Elle est tombée martyre en 1988.

C'est par les nouvelles prisonnières, celles qui avaient été arrêtées après moi et transférées dans notre cellule, que j'ai appris que ma mère était décédée. Encore un coup dur pour moi. Je pensais à mon frère Ahmad. Je n'avais aucune nouvelle de lui. Était-il toujours libre ? Que faisait-il sans moi et sans maman ? Qui le soutenait ? Où dormait-il la nuit ? Je savais que Mahmoud et mon père étaient là, mais aucun d'eux ne pouvait combler la place vacante laissée par ma mère. Pendant tout ce temps, les images de ma dernière entrevue avec maman défilaient devant mes yeux. Le chagrin de perdre ma mère a pesé très lourdement sur moi. J'ai cherché refuge dans la prière et le jeûne pour le pardon de l'âme de ma mère. Cela m'a aidée à tenir mentalement et psychologiquement et à garder mon équilibre. Je ne voulais pas que les autres prisonnières soient au courant du volcan qui bouillonnait en moi. Je ne voulais pas que cela ait un effet négatif sur leur moral et leur résistance. Je me sentais responsable.

Au fond des geôles des mollahs, chaque intention, chaque détail qui touche un prisonnier, chaque changement le concernant lui ou son environnement prend une signification et a des répercussions. Un sourire ou un regard, manger ou faire de l'exercice peuvent être des signes de résistance, ou d'abandon, voire de compromis.

La confrontation avec les bourreaux s'inscrit dans la continuité du choix principal qui vous conduit en prison. À l'autre extrémité de cette confrontation, il y a le renoncement à ses idéaux, la réconciliation avec les bourreaux, jusqu'à l'éloge de ceux-ci. Depuis le moment de son arrestation jusqu'à celui de sa libération – à condition que celle-ci arrive – un prisonnier politique se doit de se démarquer résolument du bourreau, voire d'approfondir cette démarcation sans la moindre faille. Sinon il finira par s'écrouler physiquement et psychologiquement sous les pressions épuisantes qu'il subira en prison. La résistance est la clé de la pérennité morale et humaine du prisonnier. Ce simple objectif suffisait à toutes nous réunir dans une unique direction. Même si nous venions chacune d'horizons sociaux divers et d'expériences politiques variées, dans de telles circonstances et sous la torture, nous n'avions qu'un but, qu'un objectif : « résister ».

Interprétation de mon rêve de Sakineh

La seule bonne chose de la cellule numéro 2 était le déplacement des prisonnières pour laver la vaisselle, qui nous permettait d'échanger des infos. De cette façon, j'ai pu voir deux fois ma meilleure amie Sakineh Saderi-Bibalan. Nous étions assises sur le même banc au lycée pendant des années. Nous participions aux mêmes manifestations lors des jours tumultueux de la Révolution antimonarchique. Ensemble, nous avons rejoint le mouvement des Moudjahidines du peuple. Sakineh était une fille intelligente et humble, en même temps très simple, honnête et directe. Elle avait passé son bac avec mention. Après la fermeture des Universités, tous ses documents étaient prêts pour poursuivre ses études à l'étranger, son père insistait pour qu'elle parte, et elle pouvait partir à tout moment. Mais elle a choisi de rester et de se battre pour la liberté. Sakineh a été arrêtée lors d'une descente de pasdarans dans sa maison à Racht. Les bourreaux lui ont demandé de condamner les Moudjahidines.

La première fois que Sakineh est venue dans notre cellule, j'ai pu lui parler pendant un bon moment, sans attirer l'attention d'oreilles traîtresses. Je lui ai parlé de mon idée d'évasion, qui n'avait pas quitté mon esprit depuis mon arrestation, et lui dire que j'étais en train d'identifier les lieux. Je lui ai demandé son avis quant à différents plans d'évasion, dont l'un consistait à tenter de m'échapper par l'hôpital. Mais pour cela, il fallait que je tombe gravement malade.

Je lui ai alors demandé de me procurer des cachets par l'intermédiaire de personnes en qui elle avait confiance.

Il n'y avait aucun médicament dans la prison. Le seul médicament qu'ils acceptaient de donner à une prisonnière, après des jours de demande et de protestation, était une pilule contre la constipation. En raison de l'inactivité prolongée, la plupart des prisonnières étaient constipées. À partir de ce moment, toutes celles qui venaient dans notre cellule de la part de Sakineh m'apportaient une ou deux pilules. De cette façon, j'ai pu recueillir environ 40 pilules.

La deuxième fois que Sakineh est venue dans notre cellule, elle était particulièrement sereine. Elle m'a dit :

« Je suis juste venue te voir pour te dire qu'hier, je suis allée au tribunal pour la deuxième fois. Il y avait trois mollahs, soi-disant juges de la charia. J'ai défendu l'OMPI devant les juges. J'ai dit que Khomeini est le Muawiyah[23] de notre époque. Ils ont enregistré mes paroles… »

---

[23] Muawiyah est une figure injuriée et plus détestée de l'histoire d'Islam chiite. Dire « Khomeini est le Muawiyah » à l'époque était la plus grande insulte pour le dictateur religieux sanguinaire, qui exigeait beaucoup de courage.

Elle n'avait pas encore terminé sa phrase que la garde appela son nom. Et elle dut se dépêcher.

J'étais bouleversée par les mots et la sérénité du visage de Sakineh qui rayonnait. Elle semblait si légère et détendue, mais aussi excitée, heureuse et belle…

C'était bizarre. C'était comme si j'avais déjà vu cette scène et ce visage ! Je me suis souvenue avoir eu un rêve étrange quelques jours après son arrestation. J'étais seule dans une pièce avec Sakineh. Nous parlions. Le visage de Sakineh brillait de joie. Elle était très belle. Comme les anges… comme maintenant. Un instant mon cœur a cessé de battre. Mon sang s'est figé dans mes veines. J'avais l'impression que mon cœur était sur le point d'exploser. J'ai bien senti que c'était notre dernière rencontre et que Sakineh serait bientôt exécutée.

Cette nuit-là, Sakineh fut exécutée, à l'âge de 20 ans.

Sur la terre d'Iran, le soleil de la liberté brillera,
La mort des dictatures n'est pas loin,
La flamme de la résistance ne doit jamais mourir.

Chant des Moudjahidines

Le lendemain de l'exécution de Sakineh, nous avons entendu une des gardiennes rapporter ce que l'un des officiers du peloton d'exécution avait dit :

« Sakineh a scandé le slogan « Vive les Moudjahidines » jusqu'à son dernier souffle. Malgré les sept balles qui lui criblaient le corps, elle respirait encore. Quand je suis allé tirer le coup de grâce, elle m'a regardé, les yeux grands ouverts. J'étais terrifié par son regard et j'ai reculé.

Quelques minutes plus tard, je me suis à nouveau approché d'elle et j'ai tiré deux coups de feu, la tuant. Mais j'avais encore peur de m'approcher d'elle pour enlever son cadavre, j'avais peur qu'elle soit encore en vie. »

Dixième carnet

Condamnation à 20 ans de prison

Le jour de mon procès est arrivé. Je ne pense pas que vous ayez la moindre idée de ce qu'est un procès ou un tribunal sous le régime des mollahs. Mon soi-disant "procès" n'a duré que dix minutes et le tout – sans avocat ni juge – a été bouclé en un rien de temps par un seul mollah, appelé "juge de la charia". Sans aucun droit à la défense, j'ai été condamnée à 20 ans de prison.

À l'automne 1981, quelques mois après mon arrestation et mon interrogatoire, j'étais emprisonnée à la prison d'Afsaran et n'avais pas encore été jugée. Avant d'y aller moi-même, j'étais curieuse de savoir à quoi ressemblait un tribunal. J'essayais d'obtenir des informations de celles qui y étaient déjà allées ; jusqu'à ce que j'y aille moi-même !

Le soi-disant tribunal révolutionnaire[24] de Racht était situé près de la prison du club des officiers.

Le jour où je suis allée au tribunal, c'était une journée d'automne ensoleillée. Si je ne me trompe pas, c'était en novembre 1981. J'ai attendu quelques heures dans une

[24] Pour contourner et sans respecter aucune procédure judiciaire, les mollahs ont installé leur appareil judiciaire sous le nom de « tribunal révolutionnaire islamique » pour massacrer les enfants de la révolution.

pièce, avant d'être emmenée au bureau du juge de la charia. J'étais anxieuse. Je ne savais même pas ce qu'il y avait dans mon dossier, pour préparer ma défense. Celui-ci était entre les mains de Allahverdi Moghadassifar[25], le juge religieux de la ville. J'avais déjà entendu dire qu'il avait condamné à mort de nombreux jeunes, à Racht. Ce mollah, assis derrière un bureau couvert de nombreux dossiers, avait l'air très occupé. Plusieurs pasdarans étaient également dans la pièce.

Il m'a dit de m'asseoir. Je me suis assise sur la chaise, devant lui. Il a sorti un dossier. Il était presque vide. Il a regardé les papiers pendant plusieurs minutes. Puis il a levé la tête et, en me regardant par-dessus ses lunettes, m'a crié avec un accent de la région turcophone de l'Iran :

— Hypocrite ! Tu as mordu notre frère pasdaran avec tes dents sales ? Il a porté plainte contre toi.

— Je me suis protégée. Un homme étranger, « non-mahram », n'a pas le droit de me toucher ! me suis-je défendu.

Puis un flot d'obscénités s'est déversé sur moi.

— Emmenez-la, a-t-il dit sans rien ajouter.

Avant de partir, il m'a demandé :

— Hypocrite ! Acceptes-tu de faire une interview télévisée contre l'OMPI[26] ?

---

[25] Allahverdi Moghadassifar, le juge religieux de la ville de Racht à l'époque. Sa fonction actuelle est vice-président pour des Affaires juridiques et substitut du président du Tribunal de justice administrative. Lors du massacre de 1988, il était membre principal de « la commission de la mort » dans cette ville. Il a signé l'arrêt de mort de milliers de jeunes opposants.

[26] « Les autorités iraniennes sont connues pour diffuser sur les chaînes de télévision et autres médias publics les aveux et les déclarations de repentir que des prisonniers politiques ont été contraints de faire. Les aveux ainsi

— Quelle interview ? Je n'y suis pour rien, ai-je répondu l'air étonné.

— Si vraiment tu n'y es pour rien, accepte cette interview ! a-t-il insisté.

— Eh bien, que puis-je dire ? ai-je demandé.

— Ne t'inquiète pas. Nous te dirons quoi dire. On va te donner un scénario.

— Vous allez me libérer si je fais cette interview ?

— Oui, m'a-t-il répondu.

— Je ne peux pas mentir pour être libérée. Je préfère ne pas déshonorer ma famille avec cette interview et retourner en prison, ai-je dit fermement.

En entendant ma réponse, il s'est fâché et est devenu très nerveux. Il s'était senti moqué et ça l'a rendu fou, il s'est mis alors à m'insulter vulgairement.

Mon procès n'a duré que 10 minutes. J'ai ensuite été renvoyée en prison.

Mais le verdict mérite d'être raconté. Ils n'avaient aucun document, témoin ou preuve contre moi. Ils ne savaient pas quel était mon vrai nom, ils ne me connaissaient pas. Comme indiqué dans mon dossier, mon seul crime avait été de résister lors de mon arrestation et de mordre leur pasdaran. J'ai donc été condamnée à 20 ans de prison. J'avais 20 ans.

diffusés sont souvent obtenus sous la torture ou la contrainte ou au moyen de traitements cruels, inhumains ou dégradants. » (Source : Compte-rendu du Rapporteur spécial de l'ONU sur la situation des droits de l'homme en Iran publié en mars 2020)

Plus tard, le même religieux a condamné mon frère de 17 ans, Ahmad, à cinq ans de prison. Ahmad a été assassiné lors du massacre de 1988[27].

[27] En août 1988, Khomeini décide d'apporter sa solution finale pour liquider l'ensemble des prisonniers politiques. Dans une terrible fatwa, il déclenche en quelques mois un carnage sans précédent dans l'histoire contemporaine de l'Iran. Il ordonne l'exécution la plus rapide de ceux qui persistent dans leurs convictions en faveur des Moudjahidines du peuple. Des commissions de la mort, dont les responsables sont toujours en poste en Iran, mettent en œuvre l'ordre de Khomeini de massacrer par pendaison plus de 30 000 prisonniers politiques dont l'immense majorité était de l'OMPI. Certains ont été tués à la grenade dans les cellules. La plupart étaient incarcérés depuis plusieurs années. Beaucoup avaient purgé leurs peines. Homme, femmes, enfants ont été enterrés à la hâte dans des charniers, notamment à Khavaran dans le sud de Téhéran. L'Ayatollah Montazeri, à l'époque dauphin de Khomeini, avait protesté contre « l'exécution de plusieurs milliers de personnes en quelques jours ». Ce qui lui a valu d'être destitué et assigné à résidence. Il meurt fin 2009. Amnesty International a qualifié ce massacre de crime contre l'humanité et demandé la traduction en justice des responsables.

Onzième carnet

Prisonnière ou plutôt « esclave »

Une prisonnière dans les cachots des mollahs, au vrai sens du terme, est une « captive ». Pas le genre de personne, dont les droits sont bien définis par les conventions internationales et les traités internationaux !

La « captive », du point de vue des mollahs et de leurs mercenaires des prisons, correspond à quelque chose comme une « esclave » d'il y a 1400 ans. Autrement dit, tout crime peut être commis contre elle.

« Toute forme de traitement physique ou de contrainte pour obtenir des aveux » est la définition juridique de torture. Dans les régimes dictatoriaux classiques, le but de la torture est généralement d'obtenir des aveux. Mais à l'intérieur des prisons des mollahs, l'objectif de la « torture » n'est pas seulement d'obtenir des informations. Il leur faut en plus briser la résistance du prisonnier et le dépouiller de son humanité et de sa conscience, pour lui faire perdre sa dimension humaine et le manipuler à leur convenance. À cet égard, des plus hauts responsables des prisons aux plus bas, ces tortionnaires ont les mains libres, pour exercer toutes sortes de pressions et de harcèlements. Avec un sadisme que les animaux ignorent, ils n'arrêtent pas de torturer et d'opprimer jusqu'aux tout derniers instants précédant une exécution.

Conformément à la fatwa de Khomeini, les prisonnières peuvent aussi être victimes des plus viles tortures sexuelles. Les tortionnaires – qui sont pour la plupart des voyous – ne respectent aucune limite dans ce domaine. Selon la fatwa de Khomeini, les prisonnières sont à considérer comme des esclaves avec qui les geôliers peuvent faire tout ce qu'ils veulent. Encore selon la fatwa de Khomeini, les filles vierges devaient être violées la veille de leur exécution. Ce n'est que la pointe de l'iceberg. Les informations parvenues des prisons ne pourront jamais rendre compte de ce qui s'y passait réellement.

Pour briser la résistance d'une prisonnière, le dernier recours était le viol. Avec le viol, non seulement le tortionnaire brise le corps de la victime, mais il lui brise également l'âme. Ce fut mon plus grand cauchemar d'y penser, pendant les interrogatoires et durant mon emprisonnement. La plupart du temps, les témoins oculaires de ces faits ont honte de raconter ou d'écrire ce qu'ils ont vu.

Mina Shabanpour était une lycéenne de 14-15 ans, arrêtée elle aussi lors d'un déplacement et dont la détermination et la résistance impressionnaient ses tortionnaires. Je connaissais très bien Mina. Malgré son jeune âge, elle était tenace et sérieuse. Responsable des liaisons entre plusieurs bases secrètes de l'OMPI, à Racht, elle était en possession de nombreux renseignements. Malgré d'horribles tortures vicieuses, elle est restée fidèle à sa cause et n'a livré aucune information à ses tortionnaires. En prison, j'ai entendu des bourreaux qui disaient : « On nous reproche d'avoir exécuté une fille de 14 ans, sans dire qu'elle était aussi intelligente et mature qu'une femme de 40 ans ».

Un loup sauvage

Je me souviens qu'Ahmad Gorgani, le directeur de la prison du club des officiers de Racht, était un voyou répugnant. Il était de petite taille, gros et laid, avec des yeux de loup. En fait, il n'était rien de moins qu'un prédateur sauvage. Après l'arrivée de Khomeini au pouvoir, Gorgani a rejoint les Gardiens de la Révolution, il s'est transformé en tortionnaire, célèbre pour sa brutalité vicieuse.

À chaque fois qu'il venait dans l'unité, avec ou sans prétexte, il injuriait tout le monde. Puis il frappait quelques prisonniers. J'ai ainsi été témoin des supplices qu'il a infligés à une détenue.

Je me souviens d'un jour de novembre 1981, le bruit des coups reçus par une prisonnière torturée dans la grande salle a provoqué un lourd silence dans notre cellule. Nous étions dans la cellule numéro 2, qui ouvrait sur le hall. Chaque coup qui atterrissait sur le corps de notre camarade nous faisait sursauter. Soudain, la porte s'est ouverte et Farahnaz a été jetée dans la cellule. Son visage était pâle comme du plâtre. Elle était sous le choc. Nous l'avons aidée à s'allonger. Elle a dit qu'à son retour des toilettes, Gorgani l'avait battue, sous prétexte qu'elle avait fait des signes à une autre prisonnière. Deux gardiennes l'ont retenue tandis que Gorgani la frappait au ventre et sur le dos, avec ses chaussures pointues. Farahnaz souffrait beaucoup et saignait abondamment, sans être dans la période de ses règles. Nous avons frappé à la porte et demandé au garde de l'emmener à l'hôpital. Mais, c'est Gorgani qui est venu hurler sur nous afin d'intimider les autres détenues :

— Dans l'avenir, n'oubliez pas de dire dans vos tribunaux populaires que Gorgani était le boucher. Mais aujourd'hui, le pouvoir, c'est nous qui l'avons, vous êtes entre nos mains, et nous vous traiterons exactement comme cela nous plaît…

Batoul Assadi était assise à côté de moi et m'a chuchoté à l'oreille :

— N'oublie jamais cette scène.

À la suite de nos protestations et après avoir vu l'intensité des saignements, les bourreaux ont accepté d'emmener Farahnaz à l'hôpital.

Farahnaz était une lycéenne de 16 ans, qui avait été identifiée comme partisane de groupes de gauche à l'école et arrêtée par les sbires du Hezbollah. Elle était belle, intelligente, très polie et aimable. Elle ressemblait plutôt à une Russe avec ses cheveux blonds bouclés et sa peau claire. Même si nous n'étions pas du même groupe politique, elle me faisait confiance et entretenait une relation amicale avec moi. Elle me parlait de sa vie, de sa famille et de son père ouvrier, qui comptait beaucoup sur elle.

Lorsque Farahnaz est revenue de l'hôpital, elle était triste et dévastée. Elle pleurait comme "un nuage printanier". Je me souviens encore de son visage innocent et enfantin. Je me suis assise à côté d'elle et j'ai essayé de la calmer. J'ai caressé ses cheveux dorés en lui disant :

— Ma poupée russe. Ne t'inquiète pas, tout ira bien.

— Non, ça ne se guérira pas. Je ne comprends pas ce qui m'est arrivé.

— Qu'a dit le docteur ? lui ai-je demandé.

— Il a dit que je ne suis plus vierge. Il m'a demandé quelle saleté avait causé ce malheur... J'ai dit au médecin que le pasdaran Gorgani m'avait donné des coups de pied avec des chaussures pointues, dans le bas du dos. Le médecin m'a dit : « Je sais, ma fille, ce n'est pas de ta faute... »

Farahnaz a continué à verser des larmes et à poser des questions sur son avenir incertain.

— Qu'est-ce que ça veut dire que je ne suis plus vierge ? Que devrais-je dire à mon père ? Que va-t-il advenir de moi ?

Mon cœur était serré. Je comprenais sa détresse et sa douleur. J'ai essayé de la rassurer, en vain. Farahnaz avait raison, dans une société où la virginité est encore un tabou pour le mariage des filles, quel avenir l'attendait ?

Gorgani faisait aussi preuve d'une animosité hystérique à l'égard des Moudjahidines et les torturait avec une sauvagerie et un sadisme hallucinants. Il rêvait de massacrer tout le monde et il ne cessait de dire :

— S'il y a un soulèvement, on vous réglera votre compte en premier... Abandonnez l'idée que vous sortirez de la prison en héros. C'est votre cadavre qui sortira d'ici.

Si à l'époque j'écoutais ce criminel sans le croire, j'ai bien vu par la suite que le régime avait commis les crimes les plus incroyables, comme l'exécution de 30 000 prisonniers politiques sur ordre et fatwa de Khomeini, en seulement quelques mois, en 1988.

Douzième carnet

Batoul Assadi: les filles ! Les filles ! Ils m'emmènent pour m'exécuter !

Le 16 novembre 1981, après une rafale de tirs et trois coups de grâce, Batoul Assadi a quitté ce monde.

Nous nous regardions toutes en silence, sans y croire. Roya s'est mise à pleurer doucement et moi, la gorge nouée, je me suis levée pour prier. Quelques instants auparavant, nous avions toutes été réveillées par Batoul, qui criait derrière la fenêtre de la cellule :

« Les filles ! Les filles ! Ils m'emmènent pour m'exécuter ! »

La nuit précédente, elle avait été appelée pour un interrogatoire, ils l'avaient emmenée et nous avions attendu son retour, en vain.

C'est en novembre 1981 que Batoul Assadi a débarqué dans notre cellule. Elle avait 24 ans et était étudiante à l'Université de Mashad, en géologie. Elle était responsable du journal « Payam Jangal[28] (le message de la

[28] Comme la résistance française, en 1981, les membres de l'OMPI au nord de l'Iran sont devenus des « maquisards », cachés dans des régions de forêts ou montagnes peu peuplées des provinces de Guilan et Mazandaran, pour combattre le régime des mollahs. Ce mouvement de la forêt est étouffé dans le sang.

forêt) » de la ville de Racht et avait été arrêtée avec son mari Islam Qaleh-Sari, qui était lui aussi étudiant et membre de l'OMPI. Il était originaire de Behchahr, une ville de la province du Mazandaran.

Elle était menue. Elle avait la peau mate et les yeux verts. À première vue, on était attiré par son visage et par la bonté que reflétaient ses yeux. Je ne l'avais jamais rencontrée hors de la prison et je ne la connaissais pas, mais une profonde amitié confiante allait rapidement se nouer entre nous, malgré une situation qui faisait qu'on ne pouvait faire confiance à personne. Moi qui, jusqu'alors, n'avais rien dans mon dossier, je lui ai tout raconté. Avec qui j'étais en relation à l'extérieur, dans quelle section et quelle était ma responsabilité. D'après les critères de cette époque et vu les circonstances où nous nous trouvions, c'était de la pure folie. Batoul a fait la même chose. Elle m'a dit comment ils avaient été arrêtés et quel collabo les avait trahis. Son mari avait été torturé sous ses yeux. C'était un héros qui avait résisté sous la torture. Batoul était très amoureuse de son mari. Dans la prison de Sepah, avant d'être séparés, ils avaient échangé leurs T-shirts, en souvenir…

La nuit, quand nous devions nous allonger comme des sardines, sur le côté, elle se couchait en face de moi et je la regardais de manière à fixer son image dans mon esprit, pour qu'elle ne puisse jamais s'effacer de ma mémoire.

Batoul m'a rapporté les dernières analyses et lignes politiques de l'organisation (OMPI).

« Notre combat contre les mollahs est un combat idéologique. Pas juste une lutte politique. Une lutte entre deux visions de l'islam. La vision de Massoud Radjavi et celle de Khomeini. C'est pour cela qu'il nous faut payer un lourd tribut. »

Et puis elle m'a raconté les exécutions et les tortures des résistants des diverses prisons, en particulier l'incroyable courage des prisonniers de la prison d'Evine. Elle était quant à elle prête à payer le prix le plus élevé.

On travaillait ensemble à un plan d'évasion. On essayait d'affiner ce plan, avec les bribes d'informations que l'on glanait à droite et à gauche. Pour le mettre à exécution, nous avions besoin d'aide. J'ai alors dit à Batoul que je pouvais en parler à deux filles dignes de confiance, pour leur demander de l'aide. Ce soir-là, lorsqu'on irait faire nos ablutions pour la prière, on pourrait faire un repérage du terrain et se préparer à passer à l'action. Elle m'avait dit d'attendre un ou deux jours, le temps de voir son mari à l'interrogatoire pour le lui dire.

Dans la soirée du 15 novembre, alors qu'on lisait ensemble la sourate Mohammad, on a frappé à la porte et Batoul a été appelée pour un interrogatoire. Elle m'a soufflé :

— Si je ne reviens pas, toi, vas-y, pars ! Mais n'oublie pas mes messages.

— Non, je ne partirai pas sans toi. Là, tu vas à l'interrogatoire, puis ce sera au tour du tribunal, on a le temps.

— De toutes les façons si ça ne se fait pas, crois-moi, je t'avertirai, m'a-t-elle répondu en souriant.

Ce soir-là, je ne tenais pas en place. Je n'arrivais pas à dormir. Je me faisais un sang d'encre. Pourquoi ne l'avaient-ils pas ramenée ? Et si jamais ce qu'elle avait prévu était arrivé ? Au matin, j'ai été réveillée en sursaut par les cris de Batoul. J'ai couru vers la fenêtre et, entre les barreaux, je me suis mise à frapper violemment les volets. Ils se sont ouverts. Nos regards se sont croisés un instant. Dès qu'elle m'a vue, elle a ri. Ses yeux verts brillaient. Ça voulait dire : Tu vois, j'ai tenu ma promesse.

Des pasdarans essayaient à coups de crosse de la faire monter dans une voiture. Certains se sont dirigés vers la fenêtre en m'insultant et en me menaçant, ils m'ont ordonné de fermer les volets. Quelques instants plus tard, une rafale a éclaté et trois coups de grâce… puis les mercenaires sont revenus. J'entendais leur rire gras. Ils se partageaient des gâteaux en disant :

— On a tué les chefs des infidèles.

Puis, Ahmad Gorgani, le directeur de la prison, est arrivé. Il m'a appelée derrière la porte de la cellule avec une bordée d'injures. J'ai mis mon tchador et j'y suis allée. Dans la cour de la prison, il m'a roué de coups de pied, de poings et d'injures.

Tout à coup, on l'a appelé et il est parti, me laissant seule dans la cour. J'ai regardé autour de moi. C'était une grande cour, pleine d'arbres, entourée de hauts murs, avec une grande porte métallique qui donnait sur la rue. Des pasdarans la gardaient. Le sol de la cour était tapissé des feuilles jaunes et rouges de l'automne et le soleil brillait très fort. Là, devant la porte de la cour, c'était le mess des officiers. La porte s'est ouverte pour laisser entrer une voiture, et pendant quelques instants il n'y eut personne devant. Juste à ce moment, un jeune a passé la tête pour regarder dans la cour et il m'a vue, là où j'étais, dans un coin. Il m'a fait un signe de la main, les doigts en V de la victoire, et il est parti aussitôt. Je suis restée interdite devant ce geste furtif et inopiné, mais j'étais aussi très contente.

Mais bien vite le bourreau Gorgani est revenu pour m'emmener dans le cachot de la prison. C'était une pièce infecte, pleine de rats. Il y avait un lit dans un coin. Il m'a enchaîné la main au lit et il est parti en m'insultant. Je ne pouvais que m'asseoir ou m'allonger sur le lit. C'était là que Batoul avait passé la nuit. À côté du lit, il y avait un Coran et la page était cornée à la sourate « Mohammad ». De ma main libre, j'ai ramassé le Coran. Et j'ai continué à lire à voix haute la sourate commencée avec Batoul.

Batoul Assadi a été enterrée à côté de son époux Islam Qaleh-Sari, près de la forêt, au cimetière de Galougah, à 25 km de Behchahr.

Batoul Assadi et son époux Islam Qaleh-Sari.

Treizième carnet

Bénie soit la liberté
Bénis soient les envols
Bénis soient si on ne peut pas vivre en liberté ;
On peut mourir pour la liberté !
Oh, cet oiseau ne chante pas dans cette étroite cage...
Ahmad shamlou

Mon deuxième plan d'évasion

Après quelques jours passés en isolement dans une pièce infecte pleine de rats, la main enchaînée au lit, le bourreau Gorgani est venu me chercher lui-même. Contrairement à son habitude, son ton était différent et il paraissait calme. En m'ouvrant les menottes, il m'a dit :

— Pourquoi vous opprimez-vous vous-même ? Pourquoi es-tu si têtue ? Oh pauvre ! Où sont les peuples pour qui vous vous battez ? Où est le leader pour lequel vous vous mettez dans cette situation difficile ? Pourquoi ne vient-il pas te sauver ? Pauvre fille ! Chacun pense à ses propres intérêts ! C'est toi qui te mets dans cette misère, pour rien !

Je l'écoutais sans dire un mot. Lorsque le bourreau compatit avec la victime, son message est clair. La torture, les coups et l'isolement ont manqué leur effet.

C'était le monde à l'envers ! Lui, le bourreau, le tortionnaire, ne se voyait coupable de rien ! À ses yeux, notre résistance pour ne pas plier devant la dictature religieuse était un péché impardonnable, une punition cruelle que nous nous infligions à nous-mêmes. Il m'a parlé comme si nous n'étions pas victimes, mais responsables de tous ces crimes…

Quelques jours après mon retour de l'isolement, j'étais encore plus déterminée à mettre mon plan d'évasion à exécution. J'avais à transmettre les messages de Batoul à l'OMPI. Je ne pouvais pas oublier mes promesses.

Notre plan qui consistait à fuir par la fenêtre des toilettes ne pouvant être réalisé seule, cette fois, je décidais d'essayer le plan d'évasion par l'hôpital que nous avions élaboré avec Sakineh quelques semaines plus tôt. Il n'y avait pas d'autre choix que de tenter de me suicider et je devais en accepter le risque. Peut-être qu'ils seraient alors obligés de m'emmener à l'hôpital. Je ne percevais pas encore assez la brutalité et la cruauté de mes tortionnaires. Comme j'étais naïve !

J'ai avalé la quarantaine de comprimés que j'avais récupérés avec l'aide de Sakineh et que j'avais cachés tout ce temps dans une poche. Je me sentais très mal. J'avais la sensation que j'étais vraiment en train de mourir. Mais il n'y avait aucun soin médical ni transfert à l'hôpital en vue. Pire, ils ne m'ont même pas permis d'accéder aux toilettes. Quand les filles frappaient à la porte en protestant qu'une prisonnière était en train d'agoniser, les gardiens, en découvrant que c'était moi, répondaient :

— Tant mieux !

J'avais une diarrhée sévère. Je vomissais et je tremblais comme une feuille. Seule Farang était au courant de ma tentative. Elle a demandé aux filles de s'écarter du lavabo qui servait à laver la vaisselle pour que je puisse me soulager.

Dans cette histoire, j'ai eu vraiment de la chance de ne pas mourir. Mais j'ai perdu presque toute ma flore intestinale et j'ai eu des problèmes digestifs pendant des années. C'est de cette façon que mon deuxième plan d'évasion a échoué ! Mais je n'ai pas perdu espoir.

Section femme numéro 3

J'ai été transférée dans une autre section vers décembre 1981. Section femme numéro 3. C'était la même cellule que celle du premier soir, située à côté de la section des hommes. Une mince cloison s'arrêtant à un mètre du plafond, bardée de tiges de fer nous séparait. Nous pouvions entendre le bruit des hommes qui pour la plupart étaient nos frères moudjahidines et camarades de lutte. Mais si nos voix de femmes pouvaient s'entendre de l'extérieur, Gorgani venait derrière la porte de la cellule et commençait à nous couvrir d'insultes sexistes, vulgaires et immorales. Je n'avais jamais entendu autant de grossièretés de ma vie. La honte nous ébranlait. Afin d'éviter cette torture psychologique pour nous-mêmes et les prisonniers des cellules des hommes, nous nous efforcions d'être vigilantes pour ne donner aucun prétexte à des vulgarités de la part des gardiens.

C'était la cellule où j'avais passé la première nuit de mon séjour à la prison du club des officiers. Fatemeh

Khorassani et Sakineh Sardari avaient déjà été exécutées et leurs places étaient tristement vides.

C'est lorsque j'ai été transférée dans cette cellule, environ deux mois après mon « procès »[29], que l'un des gardiens m'a dit que j'avais été condamnée à 20 ans de prison.

Toutes les prisonnières de cette section avaient de même été condamnées à des peines de 20 à 30 ans ou à la perpétuité ; toutes étant des sympathisantes et partisanes de l'OMPI, sauf une qui était du parti de gauche.

En fait, les responsables de la prison avaient décidé de regrouper les détenues condamnées à de lourdes peines – les prisonnières du couloir de la mort ou à la perpétuité – dans une seule cellule.

En construisant une cage en fer dans l'arrière-cour du bâtiment de la prison et en y installant un robinet, on empêchait les détenues de se déplacer dans la cellule numéro 2 pour y laver la vaisselle.

Leur premier objectif était de couper les contacts entre prisonnières. Leur deuxième objectif était d'exercer une autorité et un contrôle accrus sur les résistantes. Leur troisième objectif était de nous empêcher d'influencer de nouvelles prisonnières ou étudiantes en les incitant à résister.

En dépit de l'intention des gardiens, leur décision s'est avérée être d'une certaine manière meilleure pour nous, prisonnières résistantes rassemblées dans une même cellule, car c'était l'occasion de vivre ensemble une vie plus productive et plus fructueuse.

---

[29] Lors de ces simulacres de procès, aucun verdict n'était annoncé, et l'ignorance de notre sort faisait partie des tortures mentales infligées.

Souvenir des amies des jours difficiles

En cellule numéro 3, dans cette petite pièce, notre nombre variait entre 18 et 25 personnes. Pouran Najafi, Simin Seyedi, Naeema Shakeri, Robabeh Haghgoo, Lida Ghafouri, Beheshteh Babaei, Fakhri Vahedi, Tahereh Yeganeh-Mousavi, Farideh, Fariba, Farahnaz, Shideh, Nastaran, Mahnaz… sont celles dont je me souviens encore des noms. Plus tard, Roya et Ruffia, qui étaient sœurs, ainsi qu'Akram et Massoumeh ont été transférées dans notre cellule. Zahra Khabazkar et Farideh, qui étaient avec moi dans une autre prison, se trouvaient également dans cette cellule.

Zahra Khabazkar

Je me souviens du beau visage de Zahra Khabazkar avec ses yeux verts brillants. Elle était très intelligente et courageuse. Lorsque nous étions en prison, Zahra a monté des spectacles comiques pour remonter le moral des prisonnières. Elle récitait de beaux poèmes. Elle avait une mémoire étonnante qui lui permettait de retenir la plupart des discours de Massoud Radjavi. C'était une bibliothèque ambulante. Quand elle récitait les discours de Massoud, c'était comme si elle lisait un livre.

Chaque nuit avant de se coucher, à notre demande, elle interprétait un morceau des discours de Massoud sur le ton et avec la voix de Massoud. C'était comme si nous écoutions la cassette du discours de Massoud. Quel merveilleux talent !

Après plus de 3 ans dans les prisons de Racht, Roudbar et Gezel-hessar, Zahra a été relâchée. Elle s'est mariée et était enceinte que les pasdarans ont fait une descente chez elle à Racht et l'ont interrogée :

— Qui soutiens-tu ?

— Je soutiens l'OMPI.

La réponse de Zahra a suffi pour qu'elle soit à nouveau arrêtée avec son mari et emmenée en prison. Elle a de nouveau été condamné à 5 ans de prison. Mais en 1988, lors des massacres des prisonniers politiques, Zahra est tombée en martyre à l'âge de 28 ans.

Beheshteh Babaei

Je connaissais déjà Beheshteh Babaei. Nous nous étions rencontrées lors de nos activités politiques. Beheshteh, avec sa peau mate foncée et ses grands yeux noirs, avait un beau visage attrayant. Elle était née en 1961 à Astara, comme moi, et nous avions le même âge. Ses parents étaient fonctionnaires et vivaient dans le quartier Golsar de Racht depuis plusieurs années. Beheshteh était une étudiante très intelligente, assidue, qui avait obtenu son bac avec mention. J'ai fait sa connaissance lorsque j'étais militante à l'OMPI dans les quartiers de Racht. Nous étions ensemble dans de nombreuses réunions qui avaient lieu, à ce moment-là, dans les maisons des militantes, en raison de la fermeture du quartier général de l'OMPI à Racht. Malgré l'opposition de sa famille à ses activités, des réunions ont parfois eu lieu chez Beheshteh et je me suis rendue plusieurs fois chez elle. Elle a été arrêtée avant le 20 juin 1981, au moment où le niveau de la répression et des arrestations à Racht était très élevé. En fait, les Gardiens de la Révolution ont attaqué la maison où nous étions en réunion. Quand nous avons découvert que la maison était cernée, nous avons décidé de la quitter en nous battant avec les mercenaires du Bassidj et les pasdarans. Behesthteh a sauté du deuxième étage dans la cour, mais elle est tombée au sol et s'est cassé le bras. Elle a ainsi pu être arrêtée par les Gardiens de la Révolution. Malgré son bras gauche cassé, elle n'a pas été emmenée chez le médecin. Comme elle n'a pas été soignée, sa main cassée s'est mal consolidée et s'est déformée. Les plaies sur ses bras et mains la faisaient terriblement souffrir, mais malgré sa douleur, elle était incoerciblement patiente et massait lentement ses doigts pour en faire sortir le pus. Beheshteh était celle sur qui l'on pouvait compter dans les situations les plus difficiles.

Beheshteh Babaei a été relâchée de prison en 1985. Elle essaya de rejoindre l'OMPI, mais tomba dans un piège du ministère du Renseignement du régime. De nouveau arrêtée, elle dut retourner en prison. En 1988, pendant le massacre en Iran des 30 000 prisonniers politiques, Beheshteh a été exécutée. Elle avait 27 ans.

Simin Seyedi

Je n'avais jamais vu Simin Seyedi auparavant. C'était une fille sage et sobre. Bien qu'elle fût une lycéenne de 16 ans, son comportement était très mature. Elle a quitté son domicile le 11 août 1981 avec l'intention de faire du shopping et n'est jamais rentée chez elle. Simin a été identifiée par des mercenaires du Hezbollah comme sympathisante de l'OMPI près de Sabzeh-Maidan à

Racht et a été arrêtée après avoir été gravement battue. Pendant l'interrogatoire, elle a subi des tortures, y compris une fausse exécution[30]. Lors d'un premier verdict, le tribunal soi-disant révolutionnaire de Racht l'avait condamnée à mort pour avoir soutenu les Moudjahidines. La peine a été commuée en réclusion à perpétuité.

Ensuite, sa peine a été réduite à 15 ans puis à 6. Simin a été emprisonnée à Racht pendant 14 mois ; elle a ensuite été transférée à la prison de Rudbar où elle a passé 10 mois. Après cela, elle a été transférée à Téhéran pour passer 4 ans à la prison d'Evine. Après une grève de la faim, entamée dans cette prison pour protester contre les mauvaises conditions de détention avec d'autres détenues, elle a été transférée à la prison de Racht pour y purger encore une peine de six ans. Les raisons de sa détention ont toujours été son refus de coopérer avec le régime, après la promesse d'une éventuelle libération. Enfin, lors du massacre de prisonniers politiques à l'été 1988, elle a été pendue à la prison de Racht. Après avoir été exécutée, Simin a été enterrée dans une fosse commune au cimetière de Tazehabad, à Racht.

Pouran Najafi

J'avais déjà vu Pouran Najafi lors de nombreux meetings et cérémonies de l'OMPI à Racht. C'est dans l'une des cellules de Racht que j'ai pu la connaître vraiment et en faire pour toujours l'une de mes meilleures amies.

[30] Une des tortures infligées consistait à amener certains prisonniers au peloton d'exécution, les yeux bandés ; la rafale de tirs avait lieu, mais pas sur tous. Ceux que l'on avait ainsi épargnés étaient irrémédiablement traumatisés.

Pouran était simple, sincère et honnête. Elle avait son franc-parler tout en restant humble. Devant les Gardiens de la Révolution, Pouran était courageuse et intrépide. Très maligne et précise, elle trouvait toujours des solutions dans les moments difficiles. Pouran étudiait à l'École de Technologie de Racht, l'un des rares lycées mixtes à l'époque. Elle connaissait très bien mon frère Ahmad et ils partageaient la plupart des activités de l'École de Technologie. Elle m'a raconté de beaux souvenirs d'Ahmad que je ne connaissais pas. Elle m'a dit avec un sourire qu'elle avait dit à Ahmad en public qu'elle était sa sœur. Elle m'a ensuite expliqué les événements de cette journée d'avril 1980 où les milices du Bassidj ont enlevé 13 étudiants de l'École de Technologie, dont Ahmad, pour les torturer à la mosquée de Bagherabad. Quelques jours plus tard, Ahmad et d'autres étudiants se sont réunis dans le bureau du directeur de l'École de Technologie pour dénoncer la torture subie et le silence complice du directeur.

L'un des enseignants avait demandé à Ahmad de lui montrer les traces de torture. Pouran ayant dit que tous étaient des hommes sauf elle, elle a ajouté : « J'ai senti qu'Ahmad était gêné d'être torse nu devant moi. Je lui ai dit d'une voix forte : Ahmad, je suis comme ta sœur. Montre les traces de torture… »

Ahmad souleva sa chemise. Sur tout son corps, il y avait des marques de blessure et des coupures causées par une lame de cutter. Les larmes ont jailli dans les yeux de tous quand ils ont vu cette scène qui les a profondément touchés et toute cette brutalité contre ce jeune combattant de l'OMPI.

Pouran a passé cinq années dans les prisons de Khomeini. Après sa libération, elle a rejoint la résistance. Pouran Najafi est morte le 9 février 2013, abattue par une pluie de roquettes commandées par le régime iranien sur la prison de Liberty, en Irak.

Fakhri Vahedi

J'ai rencontré Fakhri Vahedi le premier soir de mon arrivée dans cette cellule. Une lycéenne courageuse de 16 ans, avec un esprit et un talent artistique. C'est elle qui avait interprété une chanson parodique en l'honneur de mon arrivée dans la cellule. Je me souviens encore de certains morceaux de cette chanson humoristique. La personnalité de Fakhri Vahedi se caractérisait par une sensibilité aux émotions humaines les plus belles et les plus émouvantes, alliée à une forte et infatigable motivation à continuer la lutte. C'était une actrice habile qui jouait les rôles principaux dans les pièces de théâtre de la cellule. Elle avait un esprit imaginatif, était douée en littérature et avait un don pour la sculpture. Elle imitait également les voix des personnages de dessins animés. La torture pendant les interrogatoires et les conditions de détention ont entraîné chez elle de l'épilepsie et des convulsions. On ne s'ennuyait jamais à parler avec elle. Elle adorait son père et disait toujours qu'il était son principal soutien dans ses activités politiques.

Fakhri a été relâchée après plus de 5 ans de détention. Elle a réussi à reprendre contact avec l'OMPI. Sa tâche était de protéger d'une nouvelle arrestation ceux qui avaient été relâchés. Elle assurait aussi la liaison avec des personnes voulant rejoindre l'organisation. Lors de l'un de ses rendez-vous, elle a été arrêtée dans une rue de Racht et ramenée en prison. Fakhri Vahedi fut exécutée en 1988, pendant le massacre des prisonniers politiques de l'OMPI. Après cela, le père de Fakhri a rejoint l'OMPI où il poursuivit la lutte de sa fille.

Tahereh Yeganeh-Mousavi

C'était une étudiante de 16 ans plutôt fluette avec un petit visage fragile. Elle était si délicate que vous aviez l'impression qu'elle se briserait si vous la touchiez. Je connaissais Tahereh avant son arrestation, j'étais allé chez elle quelquefois. Elle avait plusieurs frères et sœurs. Une de ses sœurs était dans la cellule numéro 2, où nous nous sommes trouvées ensemble pendant un certain temps. Tahereh était très proche de moi. Elle était mon petit moineau. Elle m'a tellement parlé de chaque membre de sa famille que je les connaissais tous. Malgré sa santé fragile et sa faible constitution, Tahereh manifestait une réelle persévérance et une grande motivation pour combattre les mollahs. Une étincelle d'amour brillait dans ses yeux. Je me souviens encore de ses beaux éclats de rire. Elle a été gravement torturée puis condamnée à mort. Et lorsque sa peine a été commuée en réclusion à perpétuité, nous en étions toutes heureuses. Je me suis dit, quelle folle contradiction ! Nous sommes heureuses que Tahereh ait été condamnée à la prison à vie. Oui, nous étions heureuses que l'ombre de la mort se soit écartée d'elle. En prison, elle ne s'est pas reposée une minute et n'a jamais plié devant les mollahs. Elle avait l'habitude de marcher d'un pas résolu et d'adopter une posture de fermeté. Elle avait, en outre, l'habitude de remonter le moral des autres prisonnières.

Tahereh Moussavi, libérée en 1985, a été arrêtée par les pasdarans en 1986 lors de sa tentative de sortie du pays pour rejoindre l'OMPI. C'est aussi l'une des victimes des massacres de 1988.

Massoumeh

Une autre de mes compagnes de cellule, Massoumeh, avait des cheveux raides et lustrés qu'elle coiffait en deux nattes. Ses pommettes saillantes et sa peau mate la faisaient ressembler aux belles Indiennes des films américains ; nous l'avions surnommée « la petite Indienne ». Tout le monde l'adorait. Massoumeh avait à peine 17 ans quand elle a été arrêtée dans une rue à Téhéran, il n'y avait aucune preuve contre elle, mais comme elle était originaire du nord, d'Abkenar, une banlieue de la ville portuaire de Bandar Anzali, elle a été transférée à la prison de Racht.

« Mon tortionnaire m'a dit que j'étais condamnée à mort parce que je venais du nord », nous a-t-elle raconté.

Les pasdarans ressentaient une étrange haine envers les gens de nord.

« Les peuples du nord, déclaraient-ils, sont tous des contre-révolutionnaires, car au nord, il y a plus de partisans des Moudjahidines que partout ailleurs. »

Malgré la torture, elle n'a fourni aucune information aux Gardiens de la Révolution. Elle était drôle et affectueuse. Elle imitait si bien Khomeini qu'elle nous faisait éclater de rire. J'ignore son destin, mais sa mémoire est restée dans mon esprit.

Lida Ghafouri Rachtabadi

J'ai vu Lida Ghafouri Rachtabadi pour la première fois dans cette même cellule. Lida était une étudiante de 15 ans, sympathisante de l'OMPI, qui a été arrêtée quelques mois avant moi. Après son arrestation, je suis allée chez elle où j'ai rencontré sa mère pour avoir de ses nouvelles. Le dossier de Lida était vide. Il n'y avait pas d'autres chefs d'inculpation que celui d'avoir exprimé ses opinions politiques à l'école. Dans des débats avec ses camarades de classe, elle défendait les positions des Moudjahidines. Elle a cependant été condamnée à la perpétuité. Malgré sa jeunesse, elle était politiquement très consciente et sérieuse, décidée et stable face au régime des mollahs. La martyre de l'OMPI, Lida Ghafouri Rachtabadi, a été exécutée à l'âge de 22 ans lors du massacre des prisonniers politiques en 1988, après 7 ans passés dans les prisons du régime iranien.

Zahra Khabazkar

Pouran Najafi

Fakhri Vahedi

Lida Ghafouri Rachtabadi

Maryam Bozorgzadeh Sindi

Sousan Shademani

Quatorzième carnet

Notre organisation en prison

Avant mon arrivée à la section femme numéro 3, les prisonnières résistantes de l'OMPI, dont le point fort était d'être collectivement organisées et décidées, avaient choisi un conseil de cinq membres pour diriger la cellule. Je me suis jointe à cette organisation dont toutes nous respections les critères et règlements adoptés au sein de ce conseil.

Nous aurions dû nous comporter de telle manière que les gardiens ne devinent rien de nos actions. D'autre part, nous devions respecter une routine quotidienne très structurée correspondant à nos programmes, qui consistaient à consacrer du temps à la réflexion et à la lecture, faire de l'artisanat, jouer collectivement, faire de l'exercice physique… Pendant le jeu, je m'entraînais régulièrement à sauter d'un point élevé. Nous avions un lit superposé sur lequel je montais et sautais de différentes manières pour m'entraîner à sauter comme du haut d'un mur.

Chacune s'était portée volontaire pour assurer une tâche. J'avais en charge la sécurité et les communications de notre cellule parce qu'avant mon arrestation, j'étais en contact avec les prisonniers et que j'en avais une certaine expérience.

Peut-être vous demandez-vous ce que signifie "responsable de sécurité et de communication" au sein d'une cellule fermée et déconnectée du monde extérieur ?

En fait, un prisonnier doit obtenir des informations et des nouvelles de n'importe quelle manière, et comme le dit un adage persan « de la porte au mur ».

C'est un travail de longue haleine de réunir tous les éléments dispersés d'un puzzle qui, grâce à un examen minutieux, prend forme peu à peu. Cela nécessite beaucoup de patience et de précision. Il s'agissait notamment de découvrir les horaires de changement de poste des gardiens et leur programme, de jour comme de nuit, d'en repérer les modifications, mais aussi l'intensification des mesures de sécurité pénitentiaire, etc.

Chacune d'entre nous essayait, autant que possible, de glaner des informations lors de ses déplacements hors de la cellule, malgré les yeux bandés qui pendant longtemps nous avaient fait perdre tout sens de l'orientation. Pour ma part, je ne comprenais pas où nous nous trouvions, dans quel endroit de la ville. Si je sortais par la porte de la prison, où devrais-je aller ? Dans quelle direction ?

C'est ainsi que mes efforts pour m'informer petit à petit sur mon environnement ont débuté. J'ai deviné certaines choses. J'en ai imaginé d'autres. Mon cerveau fonctionnait sans arrêt, comme un ordinateur, j'ai enfin pu repérer notre situation géographique et la zone où se trouvait notre prison.

J'ai parlé au conseil de la cellule de mon plan d'évasion. Nous avons examiné en détail les idées des unes et des autres, les différents scénarios et possibilités d'évasion. Mais la moitié des membres n'étaient pas d'accord avec mon plan qu'elles considéraient comme une aventure individuelle qui pourrait avoir des conséquences désastreuses pour toutes. D'autres l'ont estimé impossible et j'ai été taxée d'idéaliste. Je le confirme. J'étais une idéaliste. À mon avis, sans idéal on ne peut être révolutionnaire. Tous les révolutionnaires sont des idéalistes qui doivent cultiver leur indignation contre les conditions et les obstacles existants.

Bien qu'il ne m'ait pas été facile d'accepter leur opposition, après avoir pourtant fait de mon mieux pour les convaincre, je leur ai finalement donné raison. Il était clair que nous en aurions toutes à payer le prix fort. Donc, si nous voulions envisager un tel plan, nous devions toutes y adhérer à cent pour cent. Le moindre scepticisme nous conduirait à l'échec. Nous avons décidé de communiquer notre plan à l'organisation de l'OMPI, à l'extérieur de la prison, mais il nous fallait un certain temps pour rétablir le contact.

À cette époque, nous étions toujours interdites de visite des familles. Mais parfois les gardiens de la prison acceptaient certains colis de nourriture et d'hygiène, envoyés par nos familles après un contrôle strict. Avant de nous les remettre, ils les inspectaient entièrement. C'était en soi une très petite échappée vers le monde extérieur. Par exemple, un jour, j'ai reçu un sac d'articles hygiéniques. Sur le sac, mon nom figurait en manuscrit. Vous ne pouvez pas imaginer à quel point j'étais heureuse. Pas à cause des articles sanitaires, mais parce que cette écriture était celle de mon frère Ahmad, qui m'indiquait ainsi qu'il était toujours dehors, qu'il n'avait pas été arrêté et qu'il m'envoyait un signe, de cette manière.

Si tous les efforts des gardiens consistent à isoler et couper les contacts des prisonniers avec l'extérieur, ces derniers n'ont d'autre choix que de vouloir rétablir ses contacts. La communication pour un prisonnier politique, c'est comme la respiration. C'est grâce aux contacts, notamment avec le monde extérieur, que le détenu maintient son endurance. Finalement, j'avais pu communiquer avec le monde extérieur.

Et comme j'étais en charge de la sécurité et des communications de notre cellule, j'ai alors demandé aux filles de me montrer ce qu'elles recevaient de leurs familles, afin de les vérifier soigneusement et découvrir les camouflages possibles.

Une fois, une famille avait préparé quelques casseroles de nourriture à l'occasion d'une fête religieuse et nous les avait envoyées. L'une des casseroles était en téflon et avait des petites poignées en caoutchouc. J'ai défait la vis et j'ai vu qu'il y avait un petit compartiment à l'intérieur de la poignée. En général, nous rendions les casseroles aux familles. C'est ainsi que nous avons pu envoyer une lettre à l'OMPI, dans laquelle nous expliquions notre plan d'évasion en leur demandant leur avis. Je ne me souviens pas de la date exacte mais je pense que c'était au début de l'hiver. Je savais que la famille de cette prisonnière était en contact avec l'organisation.

Il a fallu du temps pour obtenir une réponse. Nous ne savions pas si la lettre était parvenue à l'organisation. Nous nous sommes inquiétées, durant des mois. Enfin la réponse est venue. Je n'oublierai jamais ce moment.

J'étais aux anges. J'ai reconnu l'écriture de l'auteure de la lettre, Maryam Bozorgzadeh Sindi[31] , responsable de notre équipe avant mon arrestation, qui était une amie. Elle était sympathique et très gentille. J'avais adoré travailler avec elle. Elle était déterminée et inébranlable quant à la cause l'OMPI. Trois de ses frères avaient été arrêtés et exécutés en peu de temps durant l'été 1981. La lettre était courte et instructive. Notre plan était approuvé par l'OMPI, mais à la condition que nous soyons responsables de A à Z. Dans ces circonstances, on ne pouvait pas attendre d'aide de l'extérieur de la prison. Après avoir reçu ce message écrit de l'organisation, les membres de la cellule ont déclaré qu'elles étaient prêtes à participer au plan d'évasion.

À cet égard, nous avons décidé de modifier notre comportement vis-à-vis des gardiens de prison. Pour nous permettre de suivre notre programme dans une ambiance un peu plus soutenable, nous avons adopté une nouvelle stratégie qui consistait à éviter tout conflit avec les membres féminins des pasdarans, afin d'établir des relations dites normales.

Désormais, le plan d'évasion nous occupait jour et nuit.

Le conseil de la cellule a sélectionné deux volontaires. Fakhri Vahedi et Nastaran. Deux filles courageuses qui voulaient défier les mollahs. Mon rôle consistait à mettre en œuvre notre plan d'évasion.

Peu importait que je ne sois pas choisie. Il était plus important pour moi que mon idée d'évasion soit approu-

[31] Maryam Bozorgzadeh Sindi a été exécutée par le régime des mollahs en mai 1984 à l'âge de 25 ans.

vée par tout le monde. C'était un travail collectif dans lequel nous avions toutes un rôle à jouer.

Une nuit, nous avons décidé de mettre en œuvre notre plan. Ce soir-là, les gardes pasdarans étaient des femmes. Quand Fakhri et Nastaran sont allées aux toilettes, elles se sont cachées pour pouvoir grimper à l'arbre près du mur et s'échapper de la prison. Cette nuit-là, aucune d'entre nous ne parvint à dormir à cause de l'excitation et de l'anxiété. Le lendemain matin, lorsque nous avons été emmenées aux toilettes, nous avons été surprises de constater que Fakhri et Nastaran n'avaient pas pu sortir ; elles nous ont raconté qu'une fois dans la cour, un nouveau tour de garde les a empêchées d'atteindre l'arbre et elles avaient dû passer la nuit dans les toilettes. Heureusement, les gardiennes n'avaient rien remarqué.

Pour nous, c'était une grande déception, mais cette évasion ratée nous a permis d'analyser l'expérience.

Tout d'abord, il nous est apparu qu'au moment où nos gardiennes nous emmenaient aux toilettes, personne ne gardait la cour. Et les tours de garde des pasdarans ne commençaient qu'ensuite. Par conséquent nous devions atteindre le mur et l'escalader dans les premières minutes.

Deuxièmement, comme pour une opération militaire, toutes les étapes devaient être minutieusement anticipées. Il fallait aussi prévoir les mesures appropriées à prendre sur place dans tous les cas de figure.

Troisièmement, nous avions besoin d'un commandant des opérations pour l'exécution du plan.

Après des jours de discussions et de votes, j'ai finalement été choisie pour diriger cette opération d'évasion ; nous attendions donc toutes le bon moment.

Quinzième carnet

Hiver froid de 1982

En hiver, quand je vois la danse des cristaux de neige ou des particules d'eau dans l'air brumeux, sous la lumière des lampes ou des projecteurs, je me souviens de l'hiver 1982 à la prison du club des officiers de Racht. Auparavant, je n'avais jamais vu la nature si belle. Peut-être, pensais-je, que lorsqu'on est privé de tout, on ressent davantage la beauté de mère Nature. Pendant les quelques minutes de sortie de la cellule, pour aller aux toilettes, mon esprit essayait de s'accaparer toutes ces visions. C'était un hiver froid, cette année-là. Il neigeait et nous n'avions aucun appareil de chauffage dans la cellule. De plus, le froid rentrait par la vitre brisée. Le sol tapissé d'une simple couverture militaire n'empêchait pas le froid. Pendant la journée, nous nous enroulions dans nos couvertures. C'était comme si nous étions assises dans la neige. La nuit avec l'intensité du froid, nos os nous faisaient mal ! C'est comme s'ils se fissuraient. Le matin, tout notre corps engourdi ressemblait à du bois desséché. Beaucoup avaient des douleurs rhumatismales. Malgré nos protestations répétées tout au long de l'hiver, ils ne nous ont donné aucun équipement de chauffage.

Dans cette situation, au bout d'un mois, on nous a permis de prendre une douche. Mais après 5 minutes, l'eau refroidissait. Autrement dit, ils avaient délibérément fermé le robinet d'eau chaude. Nous avons protesté et refusé d'aller à la salle de bain, même si nous savions qu'il n'y aurait pas de nouvelles douches avant le mois prochain.

Comment peut-on vivre dans de telles conditions des jours, des semaines, des mois, des années ? Il n'est pas nécessaire de décrire l'état sanitaire des prisons, vu la densité de population dans un environnement aussi restreint et fermé. En réalité, négliger l'hygiène de la prison et l'état de santé du détenu n'était qu'un moyen supplémentaire de pression et de torture…

Dans notre propre cellule, nous avions toutes une affection contagieuse de la peau, la gale. La maladie creusait des sillons profonds dans la peau qui provoquaient des démangeaisons incessantes et insupportables. La prévalence de la maladie était telle que les Gardiens de la Révolution, craignant que la maladie ne les atteigne, ont fait venir des médecins et nous ont fourni des médicaments. L'odeur spécifique du savon antiseptique me rappelle encore la gale.

Après cela, ils nous ont donné la permission de prendre une douche deux fois par mois. Comme notre cellule n'avait pas de point d'eau, nous étions emmenées dans la section des hommes, dont les portes des cellules étaient verrouillées. Il nous fallait alors traverser un long couloir menant à l'extrémité du bâtiment. Au bout du couloir, il y avait plusieurs toilettes et deux ou trois douches. Ils nous donnaient 20 minutes pour 20-25 personnes. Nous devions prendre notre douche en deux minutes. Encore une fois, les salles de bains n'avaient pas souvent d'eau chaude.

Il faut ajouter qu'ils infligeaient une punition à toute la cellule au moindre prétexte. Parfois, en 24 heures ou plus, ils ne nous donnaient qu'une seule fois accès aux toilettes. Il nous arrivait quelquefois de nous rouler par terre de douleur pendant des heures, pour un besoin naturel. Il y eut plusieurs cas où des filles eurent des crises. J'ai vu, à plusieurs reprises, certaines avoir des convulsions en raison de la violence de la pression de leur vessie. La plupart des prisonnières souffraient de maladies des reins, de la vessie et de douleurs intestinales.

Tous les prétextes étaient bons pour nous infliger des brimades. Ils nous accordaient 2 minutes à chacune pour aller aux toilettes. Mais si pour une raison quelconque les toilettes n'étaient pas libérées au bout de 2 minutes, la personne suivante s'en trouvait privée.

Chaque plainte de notre part entraînait encore plus de pressions de la part des pasdarans.

Nous avions de plus en plus de migraines et de maux de tête. Mais toutes ces douleurs et maladies n'arrivaient pas à briser notre moral, notre persévérance et notre résistance. Au contraire, supporter ces douleurs et vaincre de telles adversités ne faisaient que renforcer notre esprit.

Nos initiatives pour mieux résister

Face à ces pressions, nous avions de notre côté déployé certaines initiatives. Nous avions fabriqué, avec presque rien, un appareil électrique pour chauffer de l'eau. Il nous a suffi d'un petit fil électrique, de deux clous et d'un morceau de bois pour fabriquer une bouilloire électrique. Nous mettions notre appareil dans une casserole et connections l'autre extrémité des fils à la prise de courant. L'eau bouillait rapidement. Chaque fois qu'il y avait une inspection, toutes ces pièces pouvaient être facilement séparées. Nous faisions chauffer de l'eau en priorité pour les malades. Et comme on nous privait de thé le matin, notre appareil nous servait aussi à faire du thé au petit-déjeuner. Curieusement, notre petite bouilloire consommait beaucoup d'électricité et parfois, les fusibles du compteur d'électricité de la prison sautaient en pleine nuit ! Les gardes n'ont jamais compris quelle en était la cause. S'ils avaient découvert que nous avions ce "truc" dans notre cellule, nous aurions été sévèrement punies.

L'étape suivante consistait à trouver une solution pour celles qui souffraient des reins, de la vessie ou de douleurs intestinales. Nous avons pris un seau en catimini dans les toilettes publiques, pour les malades ou pour celles qui ne pouvaient pas se retenir pendant 24 heures d'aller aux toilettes. Le seau pouvait être utilisé sous une tente de fortune. Chaque jour, une personne emmenait le seau sous son tchador pour le vider dans les toilettes. Finalement, l'une des gardiennes a remarqué qu'un objet était dissimulé sous le tchador et a demandé ce que c'était. La personne qui portait le seau à ce moment-là a répondu : « certaines de nos compagnes sont malades, c'est pourquoi nous emmenons ce seau dans la cellule. »

La découverte du seau devait donner lieu à une nouvelle perquisition. La méthode d'inspection des cellules était la suivante : ils ouvraient soudain la porte pour toutes nous emmener dans la cage, puis ils se mettaient à fouiller nos effets personnels et collectifs pour les détruire. Souvent ils n'obtenaient pas grand-chose, parce que nous étions préparées à ces inspections intrusives.

Nous avions une petite radio transistor dans la cellule. Je ne sais pas d'où elle venait. Nous avions réussi à la réparer. Pour que le son ne soit pas entendu des gardiens, nous avions couvert l'appareil de nos couvertures assemblées l'une sur l'autre. L'une d'entre nous était allée sous les couvertures et tournait la vis permettant de changer de fréquence pour trouver celle de la radio de l'OMPI. Elle est soudain ressortie tout excitée en disant qu'elle avait réussi à trouver la station de Moudjahid. Ce fut un moment inoubliable, parmi les plus doux de notre captivité. Après cela, chacune écoutait à tour de rôle la radio. La première fois que j'y suis allée, il diffusait l'hymne des "Moudjahid". Les jours suivants, nous suivions régulièrement les nouvelles, nous avons même rédigé une petite revue des infos que nous avons fait parvenir à d'autres cellules, y compris à la section des hommes. Nous étions pourtant dans une situation où il était même interdit d'avoir du papier et un stylo en prison.

Lors de ces échanges, une de nos lettres est tombée entre les mains des Gardiens de la Révolution. Cela les a incités à faire une descente brutale dans notre cellule pour procéder à une fouille. Mais une fois de plus, après avoir passé une heure à jeter des choses et à détruire nos affaires, ils n'ont rien trouvé.

L'affaire était si importante pour les gardiens que le juge de la charia est venu à la prison pour trancher l'affaire.

Quelques minutes après notre retour de la cage dans la cellule, Gorgani, le directeur de la prison, a ouvert la porte et m'a convoquée pour un interrogatoire. Il me soupçonnait d'avoir écrit cette lettre. J'étais prise par surprise !

Car lors des inspections intrusives, les filles me donnaient tout ce qui était illégal, comme des stylos et crayons que je cachais dans mes vêtements. Cela faisait partie de mes attributions de responsable de la sécurité de la cellule. Je n'avais pas eu l'occasion de m'en débarrasser ou de les donner à quelqu'un d'autre. J'ai été emmenée dans la salle du club des officiers, qui était à la fois le lieu de travail des Gardiens de la Révolution et la salle de torture et d'interrogatoire.

En plus du chef de la prison, le juge de la charia a également joué le rôle d'inspecteur. Ils avaient les nerfs en boule et les questions ont commencé, dans une atmosphère de peur et d'intimidation :

— Nous savons que tu as écrit cette lettre ! Nous savons que tu dictes des lignes politiques aux prisonniers ! Ceci est ton écriture ! me cria le juge de la charia.

— Je jure que je n'ai pas écrit cette lettre et vous vous trompez, ai-je répondu d'un ton ferme.

Je n'avais pas vraiment écrit cette lettre. Mais ce qui m'inquiétait surtout, c'était la découverte des crayons et stylos que j'avais cachés sur moi. La grande chance que j'ai eue, c'est qu'ils n'ont pas procédé à une inspection physique.

Ils ont posé la lettre devant moi et m'ont dit de recopier le texte. J'ai écrit. Ils m'ont demandé d'écrire de la main gauche. J'ai encore écrit. Cette scène a été répétée plusieurs fois, dans les différents styles de calligraphie persane.

Et chaque fois mon manuscrit était comparé à cette lettre. Finalement, après avoir déversé des torrents d'injures sur moi, ils en sont arrivés à la conclusion que ce n'était pas mon écriture, et m'ont ramenée à la cellule.

Quand j'y suis retournée, j'étais encore sous le choc. Il y a eu un lourd silence dans la cellule. Les bourreaux avaient créé un tel climat de terreur – avec le bruit de leurs insultes et des coups de fouet sur la table – que les filles pensaient que j'avais été violemment battue et flagellée. Quand j'ai vu les visages inquiets des filles, pour changer l'ambiance, je leur ai dit doucement avec un sourire :

« Ce n'était rien. Juste un examen de dictée. Je pense que j'ai mérité un 20 sur 20. »

Seizième carnet

L'enseignement obligatoire

À Racht, tout comme à Evine certains jours, il y avait des « séances d'enseignement » obligatoires. Des mollahs, ou prétendus comme tels venaient nous « conseiller ». Une fois, ils ont réuni tous les prisonniers, hommes et femmes, dans la grande salle pour la prise de parole d'un mollah. Ce mollah essayait de nous faire participer à des débats. Il y eut un lourd silence. Personne n'a répondu.

Quelle peut être la signification d'une participation à un débat théorique, sur le fil du rasoir d'un bourreau ? C'était juste une scène de théâtre ridicule.

Pour maintenir les apparences, il nous a demandé d'écrire ce que serait notre question. On nous a donné un stylo et du papier. Tout le monde a écrit quelque chose. Mais quand on a ramassé les papiers et qu'il les a lus, il a dû constater que son projet de transformer les prisonnières en repenties... avait échoué, et que briser nos résistances était impossible !

Il s'est alors contorsionné comme un serpent blessé. Il hurlait des insultes, comme un fou : « Vous êtes tous des hypocrites ! Selon la fatwa de l'imam, vous devriez tous être tués. Vous dites que vous avez été torturés !

Grand mensonge ! Il n'y a pas de torture dans l'Islam ! Vous avez été punis parce que vous le méritez bien ! Vous avez tous demandé pourquoi vous êtes privés de visite de vos familles. Ne savez-vous pas que lors de ces visites, des prisonniers condamnés à mort se sont évadés de la prison de Chahr-e-bani ? Et aussi que dans la prison de la marine, ils ont attaché les mains et les pieds de nos frères les Gardiens de la Révolution et se sont évadés. »

Ce mollah nous énumérait nos crimes. Mais vous ne savez pas à quel point j'étais heureuse et fière d'entendre ces nouvelles. Dans mon cœur, je leur riais au nez. Je me suis dit : que ferait-il s'il savait qu'une responsable et coordinatrice de ces évasions est assise ici devant lui ? Et qu'en plus, maintenant j'ai mon plan d'évasion en tête.

Avant mon arrestation, l'une de mes responsabilités était d'être en contact avec les prisonniers, par le biais de leurs familles. À l'aide de quelques-uns de mes amis, au début de ces exécutions brutales, j'essayais d'aider les prisonniers à s'échapper de prison et à les sauver de l'exécution. Ainsi, nous avons réussi à planifier l'évasion réussie de deux prisonniers moudjahidines de la prison de Chahr-e-bani (siège de la police de Racht). Le lendemain, ils devaient être exécutés.

Nous avons pris contact avec eux. Ils nous ont envoyé leur plan d'évasion. Le soir de l'exécution, ils ont pu escalader le mur sans problème et sortir. Les camarades de l'OMPI les ont attendus derrière le mur de la prison avec une voiture. Ils sont rapidement montés à bord et ont été mis en sécurité.

Après cela, notre connexion avec la prison de la marine de Racht a pu être établie. Leur plan d'évasion était à l'ordre du jour. Nous avons réussi à leur livrer les informations nécessaires. Jusque-là, j'avais été responsable du projet. Puis j'ai été arrêtée. Mais après moi, les militants de l'organisation ont suivi le dossier. Lors de l'opération d'évasion, huit de nos frères moudjahidines, dont Fereydoun Ahmadi, Mohammad Ali Rafiei, Habib, Farzad, Hossein Mohammadi et Sharifi, ont réussi à s'échapper de la prison en désarmant les Gardiens de la Révolution. Mais sept d'entre eux ont été tués par l'ennemi pendant leur poursuite.

La tragédie du 8 février 1982

Dans l'après-midi du 8 février, à notre grande surprise, les pasdarans sont venus et ont installé une télévision dans notre cellule. Jusque-là, nous étions privées de tout ; nous ne savions pas ce qui s'était passé ni pourquoi ils avaient décidé de nous tenir au courant ! Les pasdarans se comportaient ce jour-là de manière tout à fait inhabituelle. Au milieu de leur conversation, ils se mettaient soudain à rire, d'un rire scabreux, en disant qu'il fallait faire la fête. Nous avons eu un mauvais pressentiment.

À 20 heures, l'heure des infos officielles de la télévision du régime, ils ont allumé la télévision. J'ai reçu un choc aux premiers mots de la nouvelle. Mon sang s'est figé dans mes veines. Mon Dieu, ça ne pouvait pas être réel. Un lourd silence régnait. Nous avons toutes été brusquement surprises. L'émission de la télévision du régime a annoncé puis montré un affrontement entre les

Gardiens de la Révolution et les Moudjahidines, à Téhéran, affrontement au cours duquel Achraf Radjavi et Moussa Khiabani, deux célèbres prisonniers politiques de l'époque du Chah, ont été tués. Achraf Radjavi était l'une des responsables de l'OMPI ; elle était aussi l'épouse de Massoud Radjavi, le dirigeant historique de la Résistance. Elle avait un bébé de quelques mois quand elle a été assassinée par les pasdarans. Moussa Khiabani, numéro 2 de l'OMPI, se trouvait avec elle dans la même maison avec dix-sept autres Moudjahidines quand l'assaut a été lancé. Le seul survivant a été l'enfant d'Achraf et de Massoud, que Lajevardi[32] s'est empressé d'exhiber à la télévision en le tenant au-dessus du corps sans vie de sa mère et en promettant d'en faire un fervent partisan du régime.

Quand la nouvelle de la mort d'Achraf et de Moussa fut annoncée à la télévision de la section, personne au début ne pouvait le croire. On se demandait s'il ne s'agissait pas de fausses nouvelles. J'ai pensé à Massoud, à quel point cela devait lui être douloureux d'apprendre cette nouvelle depuis son exil à Paris. Je pensais au sort de notre résistance, aux précieux dirigeants qu'elle venait de perdre. À son avenir…

Le coup était très dur et lourd pour nous toutes. Très vite la glace du premier choc s'est transformée en un feu de haine rugissante qui a embrasé nos cœurs. Mais après avoir vu que nous ne pouvions pas échapper à la réalité,

[32] Procureur des tribunaux de la révolution islamique de Téhéran, Assadollah Lajevardi était surnommé le Boucher de la sinistre prison d'Evine en raison de sa cruauté. Les images de la tragédie du 8 février 1982, par le niveau de violence et de cruauté, ont secoué l'Iran.

nous avons ravalé notre chagrin pour que l'ennemi ne se réjouisse pas de nos larmes. Nous nous sommes juré de continuer sur la voie de nos héros, sans fléchir, jusqu'au bout, une voie pour laquelle Achraf et Moussa avaient donné leur vie. Cette nuit-là jusqu'au matin, toutes les filles pleurèrent silencieusement sous leurs couvertures.

Un prisonnier résistant a un cœur qui bat à l'extérieur de la prison. Ce cœur, c'est la résistance qui se déroule à l'extérieur, se bat contre l'ennemi et avance pas à pas. Mais la réalité est que dans ce conflit, la route n'est pas toujours lisse. À côté des victoires, il y a aussi des coups bas et des défaites. Dans ce cas, la productivité du bourreau se démultiplie et lui fait dire au prisonnier : « C'est fini ». Ce qui vous signifie que votre résistance est elle aussi vaine. C'était l'unique raison de l'installation de la télévision dans notre cellule, récupérée peu après et emportée.

À ce moment-là, le prisonnier subit une double pression. Il doit à la fois encaisser la blessure du coup sanglant qui vient de lui briser le cœur et endurer les moqueries et les sarcasmes de l'ennemi.

Mais en même temps, le prisonnier, dont la fierté est blessée, se trouve face à un nouveau choix. Résister ou abandonner ? Dans ces situations, et contrairement à tous les calculs des tortionnaires, chaque échec devient un encouragement à davantage de résistance.

J'ai appris plus tard que les tortionnaires avaient emmené les corps des martyrs à Evine, pour les exposer devant les prisonniers. Les tortionnaires leur demandaient vulgairement d'insulter les corps purs des martyrs.

Azam Hadj-Heydari[33], une prisonnière de l'OMPI, a pu ensuite nous raconter ce qui se passa ce soir-là à Evine :

Les mollahs, qui pensaient en avoir fini avec l'OMPI, avaient déposé leurs dépouilles dans la cour de la section 209 sur un tas de terre, dans l'idée de briser les prisonniers. Ils nous avaient mis en rang, par groupes de quarante, pour aller les voir. Lajevardi tenait dans ses bras Mohammad, le nourrisson d'Achraf, au-dessus du corps de sa mère avec un rire cruel. Il voulait démoraliser les détenus. Ils pensaient que les Moudjahidines étaient morts et que notre résistance allait prendre fin. Sur ordre de Lajevardi, les corps des héros avaient été placés de façon à ce que leur tête repose sur un poteau instable. Pour être sûr de faire souffrir davantage les prisonniers, il appuyait d'un pied une extrémité du poteau pour relever les têtes. Il retirait soudain son pied, le poteau retombait et les têtes des corps sans vie venaient le heurter durement. Lajevardi riait alors de son rire fétide en gueulant :

« Venez voir vos martyrs comme ils ont la tête haute, comme on les a anéantis ! »

Il regardait chacun droit dans les yeux pour le jauger. Il voulait mettre un maximum de pression. Il s'esclaffait :

« Aujourd'hui, c'est notre jour de fête et une journée de deuil pour vous. »

Mais tout le monde le regardait avec tant de haine que finalement il a perdu son aplomb. Il a aussi exigé vicieusement que les prisonniers insultent les martyrs. Mais la

[33] Azam Hadj-Heydari, auteure du livre « Le prix de rester humain », éditeur Jean-Claude Gawsewitch, p. 113-117.

plupart des gars et des filles les ont salués avec respect et ont craché au visage de Lajevardi. Geste qu'ils ont payé de leur vie devant le peloton d'exécution.

De cette manière, la démonstration de force qu'avait voulu faire le régime pour affaiblir le moral des prisonniers moudjahidines et des autres résistants les a au contraire stimulés. Tant et si bien que le projet de faire passer l'ensemble des prisonniers devant les corps des victimes a été stoppé net.

Première visite de ma famille

Pour la première fois en février 1982, après des protestations répétées de nos familles et leur sit-in devant le siège des Gardiens de la Révolution de Racht, ils ont été contraints d'accorer des permissions de visite familiale. Les gardes nous ont dit que le lendemain, notre famille viendrait nous voir. Nous étions tous excités et en même temps très inquiets de cette première rencontre. J'ai pensé à ma mère qui n'était plus là pour venir me voir. Je ne pouvais pas imaginer comment mon père avait encaissé mon emprisonnement. C'était la pire tragédie qui puisse lui arriver. Quels rêves n'avait-il pas faits pour mon avenir ! Que je termine mes études pour devenir médecin ou ingénieur... Après la fermeture des Universités, il avait tout fait pour me convaincre de partir à l'étranger poursuivre mes études, mais j'avais refusé. Maintenant que j'étais derrière les barreaux, allait-il me faire des reproches ?

« Tu as vu, ma fille, comme tu nous as tous ébranlés ! »

Pour les visites, on nous a emmenées dans un minibus, les yeux bandés et les mains liées, dans la prison des

Gardiens de la Révolution (Sepah). Quand ils m'ont permis d'ouvrir les yeux, j'ai vu que nous étions dans une cour, derrière le bâtiment des Gardiens de la Révolution, qu'ils avaient préparée comme lieu de rencontre.

L'endroit en plein air avait la forme d'un long rectangle. En entrant, il y avait trois couloirs parallèles, chacun séparé par un filet métallique. Il y avait un prisonnier dans le premier couloir et deux gardes l'encadraient. Le deuxième couloir, large de deux mètres, était délimité par un autre filet métallique. Les familles étaient derrière et les gardes se tenaient de part et d'autre, observant tous les mots et les mouvements du prisonnier et de sa famille. J'ai aperçu mon père et mon frère Mahmoud de loin et suis allée vers eux. À côté de mon père se tenait une vieille femme émaciée et faible que je n'arrivais pas à reconnaître. Quand je me suis avancée, j'ai dit avec étonnement :

— Oh, Maman, c'est toi ?

— Oui, ma fille. On t'a dit que je n'étais plus ? Non, je suis toujours en vie. Je suis toujours avec toi, m'a répondu maman, souriante, en ajoutant : qu'est-il arrivé à Sakineh ?

— Elle a été exécutée.

Ma mère soupira. Je savais qu'elle aimait beaucoup Sakineh et que cette nouvelle était très lourde pour elle. Contrairement à mes attentes, il n'y avait aucun blâme dans les mots de mon père. Il m'a dit que ma grand-mère était derrière la porte de la prison, qu'ils ne l'avaient pas laissée venir me voir. Il désigna le tissu noir dans ma main et dit amèrement :

— Vos yeux sont bandés ?

— Oui papa, ai-je répondu.

Pour changer l'ambiance, j'ai commencé à plaisanter avec mon frère Mahmoud qui venait de devenir papa et m'avait envoyé une photo de son fils.

— Quelles nouvelles de la maison et de ton bébé ? Comment vont mes petits canetons ? Est-ce que quelqu'un arrose les fleurs de mes pots ?

Mahmoud, qui avait bien compris que je cherchais des nouvelles d'Ahmad, a rapidement dit :

— Oui, tout le monde va bien et te salue. Ne t'inquiète pas…

Après quelques minutes, avant même que le temps de visite soit terminé, plusieurs gardes sont arrivés et ont arrêté mon frère Mahmoud pour l'emmener dans la salle des interrogatoires.

Sous les regards terrifiés de mes parents, j'ai essayé de me ressaisir mentalement et de les rassurer en disant qu'ils allaient relâcher Mahmoud. Mon frère a été libéré après plusieurs heures d'interrogatoire. Ils l'accusaient, sous prétexte de plaisanter et de rire avec sa sœur, de transmettre les lignes politiques et des infos de l'OMPI !

À notre retour à la prison, les gardiens étaient enragés comme des chiens. Ils ne cessaient de nous maudire et de nous insulter.

— On ne dirait pas qu'elles sont en prison. Elles rient joyeusement avec leur famille et n'ont pas honte !

Ils ont ensuite interdit la visite des frères et sœurs des détenus de moins de 40 ans.

Notre prochaine visite de famille était prévue pour le 21 mars 1982, jour du Nouvel An iranien, le Norouz. Les célébrations d'événements nationaux ou religieux en prison étaient une des traditions des Moudjahidines, pratiquées également dans les prisons du Chah. Cette tradition permettait d'entretenir l'esprit de résistance et d'adoucir l'atmosphère des prisons. Nous avons décidé de célébrer le Norouz. Le passage au Nouvel An était prévu à 2 heures du matin. La tradition principale de Norouz est la mise en place des Haft Sîn[34]. Nous nous étions préparées à accueillir le Nouvel An avec une petite verdure, sept plateaux simples et divers programmes de divertissement. Nous avions aussi des pièces de théâtre et des temps d'humour. Certaines ont raconté leurs souvenirs. Moi, j'ai lu une poésie. Massoumeh notre petite Indienne s'est déguisée en Khomeini pour jouer une parodie. Notre célébration s'est poursuivie jusqu'au petit matin. Le lendemain, c'était le jour de la visite. Mais notre cellule en a été privée, à cause de notre célébration de Norouz.

Résistance, la clé de la pérennité humaine

« Résistance », c'est la seule arme qui permette à un prisonnier politique de tenir sous un régime religieux et despotique comme le régime iranien.

Un prisonnier ne reste « vivant » que parce qu'il résiste aux pressions et aux tortures qu'on lui inflige. Arriver à maîtriser "cet art" demeure le principal objectif de n'im-

[34] Selon la tradition, pour Norouz, la nouvelle année qui commence à l'équinoxe du printemps (entre le 20 et 22 mars) on dresse une table – le Haft Sîn (les sept S) – qui comporte sept éléments dont le nom commence par S et qui ont chacun une valeur symbolique propre, dont une pousse verte.

porte quel « prisonnier politique », car c'est cette ligne qui le démarque de son opposé : le tortionnaire.

Le prisonnier d'opinion vit de par sa résistance et peut continuer à se considérer comme prisonnier politique tant que cette résistance tient. Mais une prison de Khomeini n'est en rien comparable à d'autres – comme celles de l'époque du Chah, par exemple ! Alors que le régime du Chah tentait de transformer le prisonnier en statue pour en faire un être passif, les Khomeynistes veulent en faire une créature totalement soumise, jusque dans les recoins les plus secrets de son être, de son esprit, de ses émotions.

Les prisonniers d'opinion se soutiennent en partageant un état d'esprit commun, un amour, un idéal et une foi inébranlable. J'ai réfléchi souvent à la notion de « résistance » en prison. Ce qui pourrait sembler quelque peu subjectif aujourd'hui était alors palpable et très réel. Là, à tout moment, on sent en soi, au fond du cœur, l'existence d'une « chose » qu'on veut s'acharner à protéger contre l'ennemi. C'est justement sur cette « chose » que l'ennemi met une pression maximale pour vous forcer à l'abandonner, à la jeter. Mais tant qu'on la préserve, on pourra résister et vivre pleinement. Pour moi comme pour tous les Moudjahidines, cette « chose » avait un nom : celui de Massoud Radjavi. C'est en son nom que nos martyrs ont embrassé la potence et chanté l'hymne à la liberté. Faudra-t-il encore des centaines de prisonniers moudjahidines pour attester de cette réalité ? Des années de résistance des Moudjahidines derrière les barreaux ne suffisent-elles pas à démontrer que la résistance en prison est une affaire collective intimement liée à l'organisation de la résistance à l'extérieur des geôles ?

En tant que témoin et pour avoir un peu vécu cette histoire, je peux dire que jamais, même quand j'étais confinée en isolement cellulaire, je n'ai eu le sentiment d'être seule. Je me sentais comme le maillon d'une longue chaîne humaine. Je me voyais être la pérennité d'une organisation et d'un peuple à partir desquels et pour lesquels je m'étais soulevée et envers lesquels j'avais toujours, même en prison, une responsabilité et un devoir. Pour moi et mes camarades de lutte, seul le terrain du combat pouvait changer. C'est pourquoi nous ne pensions jamais qu'avec la prison, nous en avions fini et qu'il nous fallait seulement résister au maximum sous la torture. Nous nous disions, nous savions que "l'art principal" de tout membre des Moudjahidines résidait dans sa capacité à se battre contre l'ennemi en toutes circonstances et dans n'importe quelle situation. Je me souviens, par exemple, du jour où l'un des gardiens avait oublié son arme de service quelque part dans la section, avant qu'un des prisonniers repentis ne la trouve et la lui rende. Ayant eu vent de cette affaire, nous étions plusieurs à ne pouvoir dormir cette nuit-là, rien qu'à imaginer ce que nous aurions pu faire de cette arme. Plus tard, en lisant d'autres récits de mes sœurs moudjahidines détenues dans d'autres prisons, j'étais étonnée de voir à quel point nous partagions ce même état d'esprit.

C'est dans cette optique que l'idée de trouver le moyen de m'évader ne me quittait pas. Dans nos discussions entre prisonnières sur ce sujet, nous nous disions que même si nous finissions, lors d'une tentative d'évasion, par nous faire descendre par les gardiens, cela reviendrait à une victoire incontestable, puisqu'un tel acte manifestait le refus de tout compromis de la part d'un membre des Moudjahidines. Nous ne cessions de nous rappeler ce que Massoud avait dit un jour :

« Le soleil reste le soleil, même en captivité ».

Moussa Khiabani et Achraf Radjavi

Dix-septième carnet

Évasion par une nuit au clair de lune

Au fur et à mesure que nos conditions de vie s'aggravaient, nous commencions à mieux maîtriser la situation grâce à notre ferme détermination à résister au régime. Depuis longtemps nous voulions porter un coup dur à ses sbires en nous évadant et ainsi envoyer, par l'innovation et la bravoure de notre plan, un message au régime : vous vous trompez si vous pensez pouvoir briser notre moral ou forcer un partisan de l'OMPI à se plier.

Au fil du temps, les Gardiens de la Révolution de leur côté renforçaient les mesures de sécurité des prisons.

Au début, ils avaient construit un haut mur autour de la prison. Plus de quatre mètres ! Ils l'ont ensuite surmonté de fils barbelés. Ils avaient également installé de puissants projecteurs et rendaient les conditions d'évasion encore plus difficiles en abattant les arbres qui se trouvaient près du mur.

Notre plan d'évasion prévoyait que nous grimpions sur l'arbre qui poussait à côté de ces hauts murs, pour atteindre le grand terrain vague derrière la prison. L'abattage des arbres rendait la mise en œuvre de notre plan presque impossible.

Notre cellule avait une fenêtre donnant sur la cour de la prison, mais nous ne pouvions rien voir parce qu'elle était recouverte d'une épaisse couche de peinture à l'extérieur. La création d'un petit trou dans cette fenêtre a été d'une grande aide pour obtenir des informations sur les derniers changements. Le jour où ils ont commencé à scier le dernier arbre, je les regardais, par le trou de la fenêtre. C'était le mardi 4 mai 1982.

La nouvelle que le dernier arbre allait être abattu à son tour a eu l'effet d'une bombe dans notre cellule. Pendant la réunion, immédiatement convoquée, nous décidâmes de mettre tout le monde en état d'alerte. Toutes ces coordinations ont été faites avec une grande prudence. En effet, l'évasion devait avoir lieu la nuit même, sinon elle serait irréalisable.

La situation était critique. Nous pensions que le lendemain, ils allaient installer leur puissant projecteur de ce côté du mur et renforcer leurs barbelés. Le risque de cette tentative d'évasion était très élevé. Nous pouvions être vues, avant d'arriver de l'autre côté du mur, par les tours de guet des pasdarans et être tuées d'un tir de mitrailleuse. Et si nous étions arrêtées, la mort sous la torture ou par exécution nous attendait[35]. Mais pour nous, cette opération symbolisait notre résistance face à

[35] L'exécution de prisonniers fugitifs ne concerne pas que le passé. Cela a continué. Par exemple, Mostafa Salimi avait été arrêté en 2003 et condamné à 15 ans de prison et à la peine capitale pour Moharebeh (guerre contre Dieu) et collaboration avec le Parti démocratique kurde d'Iran. Lors de la mutinerie de la prison de Saqqez, le 27 mars 2020, il avait réussi à s'évader avec de nombreux autres détenus. Il a été repris quelques jours plus tard et a été exécuté à la prison de Saqqez le 11 avril 2020.

un régime armé jusqu'aux dents. Nous voulions qu'il soit dit qu'aucun mur ne peut briser la volonté et la détermination des Moudjahidines du peuple d'Iran.

Nous nous trouvions toutes dans un état étrange d'anxiété, tant nous, Nastaran et moi qui devions nous échapper, que celles qui resteraient derrière. Pour nous toutes, demain allait être une autre journée !

Je ne sais pas comment décrire ces incroyables instants. J'attendais ce moment depuis plus de huit mois. J'y pensais jour et nuit et j'en rêvais, de ce mur que je grimpais pour traverser le grand jardin situé derrière lui. Le jour « J » arrive et je suis la responsable de cette opération d'évasion. Je dois réussir. Pas pour moi mais pour les autres qui vont rester. Pour Batoul, Sakineh, Fatemeh et pour toutes celles qui ont été exécutées injustement et dont personne n'a entendu la voix.

Le temps passait lentement. Les filles ont essayé de parer à nos besoins avec leurs maigres biens, comme des vêtements, des chaussures et de l'argent... Mahnaz m'a donné sa veste neuve que sa famille venait de lui apporter. Beheshteh m'a donné sa montre et m'a dit que si nous réussissions, elle me serait plus utile. Une autre m'a donné des chaussures... En plus, 20 tomans d'argent pour chacune de nous. Il était interdit d'avoir de l'argent en prison. Les pasdarans nous le confisquaient après arrestation. Cet argent, resté par hasard dans la poche d'une de nos sœurs, avait échappé aux Gardiens de la Révolution. En fait, à l'exception de mon tchador noir, tout le reste m'avait été fourni par les filles de la cellule.

Ce jour-là, ils nous avaient encore punies depuis le matin et toute la journée, en ne permettant à personne d'aller aux toilettes. Enfin, à 22 heures, ils ont ouvert la porte de la cellule pour que l'on puisse y aller. C'était la seule occasion de sortir de la cellule. Chacune d'entre nous s'est vite employée à exécuter sa tâche, en fonction du plan.

Pouran Najafi et une autre étaient chargées de s'occuper des deux femmes pasdarans. Sous un prétexte quelconque, en leur posant quelques questions, elles ont engagé la conversation. Pendant ce temps-là, les autres faisaient ce qui avait été prévu. La règle était d'aller aux toilettes par groupes de quatre. Nous trois sommes allées chacune avec un groupe différent. Car nous étions trois qui devions arriver au pied du mur. Faute d'arbre, une de nos sœurs devait nous accompagner au pied du mur pour nous faire la courte échelle.

Nous sommes restées dans les toilettes jusqu'à ce qu'arrive le bon moment pour nous d'atteindre toutes les trois le mur. Roya s'est mise sur une souche d'arbre d'une hauteur d'un mètre pour nous faire la courte échelle de ses mains. Je suis montée et ma main a attrapé la tige de fer qu'ils avaient installée pour le projecteur. Roya m'a aidée en me poussant pour que je puisse grimper sur le mur qui faisait environ 3-4 mètres de haut. Je me suis accrochée à l'autre côté du mur, j'ai lâché les mains et j'ai sauté.

Les projecteurs illuminaient une large surface derrière le mur et c'était comme en plein jour. Alors j'ai couru de toutes mes forces vers le fond du terrain où la lumière était moindre. Je me suis allongée dans une excavation.

J'ai vu Nastaran sauter et je lui ai fait signe de me suivre. Il restait 200 à 300 mètres jusqu'à la route. Pour ne pas être repérées, nous devions ramper sur cette distance. Mon tchador était encombrant. Allongée, je l'ai enroulé comme une écharpe, autour de ma taille. Il y a eu un lourd silence. Le temps était frais et la lune brillait dans le ciel.

Je m'attendais à entendre la rafale des mitraillettes à chaque instant. Par moment j'avais le sentiment que les pasdarans m'avaient repérée.

Nous sommes arrivées au bord de la route. Il y avait des barbelés partout. Impossible de sortir. Les patrouilles des Gardiens de la Révolution sont passées devant nous, mais ils ne nous ont pas vues car nous nous étions cachées dans la pente.

— Que faut-il faire ? m'a demandé Nastaran.

À notre droite se trouvait une villa avec une grande cour où résidait une famille de Bassidji, mercenaires des mollahs. Ils étaient assis sur la terrasse de la maison, en train de dîner. Devant leur maison se trouvait le tribunal soi-disant révolutionnaire du régime.

— Nous devons passer par la cour de la maison des Bassidjis. Je passe d'abord, viens un peu plus tard, ai-je dit à Nastaran.

J'ai remis mon tchador noir et j'ai caché une grande partie de mon visage pour ressembler à une femme de pasdarans. Nastaran, avec son tchador fleuri, s'est déguisée en vieille dame.

Lentement, je suis passée au-dessus de la courte haie du jardin. Je suis arrivée dans la rue comme une ombre, cachée derrière un arbre. J'étais presque arrivée devant le tribunal. J'ai traversé la rue. Pour arriver à la route principale, je devais passer devant le bâtiment de notre prison du club des officiers. Devant la grande porte métallique, il y avait quelques surveillants pasdarans. Un peu plus loin, je devais passer devant la prison de Sepah. C'était la zone la plus dangereuse où je risquais d'être arrêtée à tout moment.

Il y avait un tel silence que je n'entendais que mes propres pas, et mon cœur battait si fort que j'avais peur que les pasdarans l'entendent.

Enfin, j'ai pu laisser le quartier des pasdarans derrière moi et gagner la place principale de la ville, appelée le Pol-e Aragh. À cette heure de la nuit, elle était déserte.

J'ai hélé un taxi privé en proposant 20 tomans la course jusqu'à la rue Saadi. Je me suis assise sur le siège arrière. Quelques pas plus loin, Nastaran est également montée dans la voiture. Elle m'a pincé les jambes joyeusement.

Ah, que nous étions heureuses... Un rêve devenu réalité.

Mon visage était rouge d'excitation. Le conducteur, qui me regardait dans le rétroviseur de la voiture, m'a demandé :

— D'où venez-vous, madame ?

— De Kasbagh !

J'ai mentionné le nom d'un faubourg, loin du quartier général de la marine.

— À cette heure de la nuit ? m'a-t-il dit avec surprise. Quoique je sois un homme, à cette heure de la nuit, j'ai peur de traverser cette zone, a-t-il ajouté.

— Vous avez raison. Moi aussi, j'avais très peur. La route est très obscure. Mais je devais le faire. Ma mère est malade. Nous n'avons pas de téléphone. Je veux aller chez mon frère pour qu'il vienne faire quelque chose, ai-je expliqué.

— Ne vous inquiétez pas, je vais vous aider. Mais laissez-moi vous dire que vous avez vraiment un courage de lion ! m'a dit le conducteur d'un ton admiratif.

Je l'ai remercié et me suis dit en mon for intérieur : Si vous saviez d'où je viens, que diriez-vous ?

Nastaran est descendue sur la place de la Farhangh. L'endroit où je voulais aller était plus loin. J'ai regardé attentivement les rues. J'avais été emprisonnée plus de huit mois et le visage de la ville avait beaucoup changé.

Nous sommes arrivés rue Saadi à Racht, là où je devais descendre. Juste au carrefour, les sbires du Hezbollah avaient aménagé un poste de surveillance.

— Ce n'est pas sûr ici, voulez-vous que je vous emmène dans la ruelle ? m'a proposé le chauffeur.

— Oui, merci beaucoup. J'ai accueilli l'offre.

— Je vous attends ici. Si par hasard votre frère n'est pas là, je vous ramènerai chez vous, a insisté le chauffeur.

J'ai accepté. Je suis descendue et me suis tenue un peu plus loin devant une maison, faisant semblant de sonner. Quelques instants plus tard, je suis allée dire au chauffeur que mon frère était à la maison et qu'il pouvait partir. Bien que j'ai insisté, il n'a pas accepté que je paye le trajet.

Je me suis toujours dit que le chauffeur était peut-être un ange ! Il avait probablement deviné que nous étions Moudjahidines, et c'est pourquoi il nous avait aidées et avait même refusé de me faire payer.

Après son départ, je me suis dirigée vers une autre ruelle pour aller chez l'un des sympathisants de la résistance. J'ai sonné à la porte. La mère de famille m'a ouvert. Je l'ai saluée et me suis précipitée à l'intérieur de la maison. La mère, étonnée de me voir vivante, m'a dit :

— Massoumeh c'est toi ?

— Oui, c'est moi. Je viens de m'évader de prison et je suis venue chez vous ! ai-je répondu avec enthousiasme.

Je connaissais cette famille. Avant d'être arrêtée, j'allais chez eux la nuit pour dormir. Ils avaient entendu dire que j'avais été exécutée. Ils ne pouvaient pas croire que j'avais pu sauter de ce mur, à cette hauteur. Son gendre a ri joyeusement et m'a dit :

— Oh, mon Dieu, je connais cet endroit. Son mur fait 4 mètres de haut !

Ils avaient confiance en moi et se montraient admiratifs de notre action, ils m'ont accueillie chaleureusement, malgré le risque d'être arrêtés et exécutés pour avoir abrité une fugitive de l'OMPI.

J'étais très inquiète pour mon frère Ahmad. Je n'avais pas de nouvelles de lui. J'avais peur qu'il n'ait été arrêté lors de l'attaque vengeresse des Gardiens de la Révolution contre notre maison. J'ai dit à mon hôtesse que je devais appeler et prévenir mes parents. En particulier, je craignais qu'ils arrêtent mon frère Ahmad pour se venger de mon évasion.

— Alors qu'est-ce que tu veux faire ? m'a-t-elle dit. En termes de sécurité, ce n'est pas bien d'appeler d'ici. Notre téléphone est probablement sur écoute.

— Où est la cabine téléphonique la plus proche ? ai-je demandé.

— La cabine est au bout de l'allée. Je peux y aller à ta place, a proposé son gendre.

J'ai accepté. Il était environ 23 h 30. Il a appelé et c'est mon père qui a décroché le téléphone. Papa ne le croyait pas et pensait que c'était un harceleur téléphonique.

Le gendre est rentré et m'a dit que mon père ne l'avait pas cru.

— Alors je vais appeler moi-même, ai-je dit.

— C'est très dangereux. La cabine téléphonique est juste en face de la mosquée, a précisé la mère.

Tout mon esprit était occupé à sauver Ahmad. Je suis donc allée au kiosque du téléphone public. J'ai appelé notre maison et mon père a décroché.

— Papa, c'est moi. Je les ai quittés sans permission. Faites attention à Ahmad !

Mon père, qui était choqué, m'a suppliée d'une voix tremblante :

— Madame, je ne comprends pas pourquoi on ne nous laisse pas tranquilles ce soir. S'il vous plaît, arrêtez de me harceler.

Je suis rentrée à la maison. Tout le monde a poussé un soupir de soulagement. La mère m'avait préparé des serviettes et des vêtements et j'ai pris une douche chaude. Tout mon corps était épuisé de fatigue. Mais je ne pouvais pas dormir à cause de l'intensité de l'excitation et du stress. J'ai imaginé les visages du bourreau Gorgani et des autres quand ils apprendraient que nous nous étions échappées. Qu'allait-il arriver à mes sœurs enchaînées en prison ? Comment pouvais-je rejoindre l'organisation ? Mille autres questions sur ma destinée à venir occupaient mon esprit… mais le lendemain était un autre jour.

1- La prison des gardiens de la révolution à Racht

Cette prison était le siège des pasdarans et un centre d'interrogatoires et de torture. À l'époque du Chah, le bâtiment était un grand lycée de garçons qui a été confisqué par les mollahs. Les prisonniers passaient leurs premiers jours et premiers mois dans la cave de ce bâtiment converti en prison.

2- Le tribunal révolutionnaire

C'est là que les simulacres de procès se déroulaient.

3- Prison du club des officiers (Afsaran)

Avant la révolution, le bâtiment de cette prison était le club des officiers de la marine pour les fêtes et les mariages. Il a été réquisitionné par les pasdarans pour devenir une prison politique. En face, il y avait le tribunal soi-disant « révolutionnaire ».

4- Place de pole-Aragh

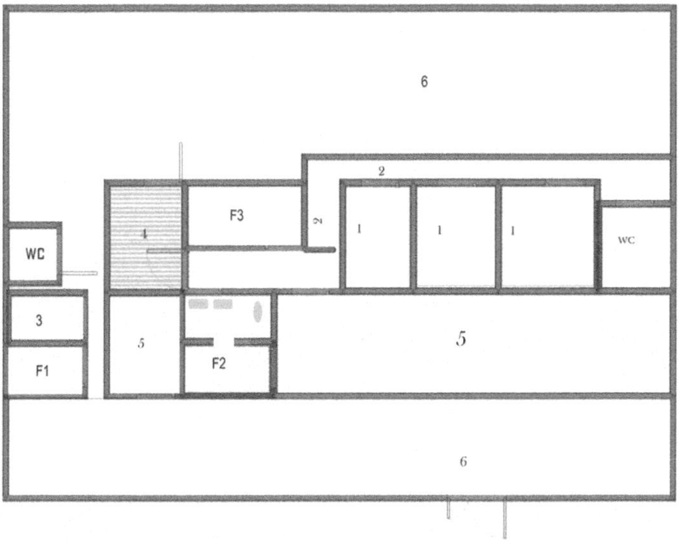

Le plan de la prison d'Afsaran avant l'incendie

1- La section des hommes

2- Le couloir des hommes

3- Le cachot de la prison

4- La cage

5-La salle de torture et les gardiens

6- La cour

F- Les sections des femmes

Dix-huitième carnet

Que s'est-il passé dans notre cellule cette nuit-là ?

Mes sœurs d'armes, qui nous avaient aidées dans mon plan, ont été soumises à des tortures "médiévales" dès le lendemain de mon évasion. La plupart ont rejoint les martyrs des massacres des prisonniers politiques, en 1988.

Mon amie Pouran Najafi[36], qui a joué un rôle clé dans notre évasion, en a parlé dans son livre de mémoires intitulé « Héros et héroïnes ». Ci-joint un extrait de ses souvenirs :

« Une fois sûres que nos deux camarades avaient réussi à s'échapper, nous sommes restées éveillées toute la nuit pour répéter notre plan 'de survie' qui consistait à faire croire aux gardiens que nous ignorions tout de la disparition de nos compagnes d'infortune. Afin de maintenir une apparence de normalité, la responsable du ménage de la cellule ce jour-là devait informer les gardiens de leur disparition. Le lendemain de l'évasion, c'est sur moi qu'est tombée cette responsabilité et j'avais

[36] Il y a des livres qui, chaque fois qu'on les relit, vous apprennent quelque chose de nouveau. Les livres de souvenirs des geôles du régime des mollahs en font partie, comme celui de Pouran Najafi « Héros et héroïnes » éd. Dédicaces.

répété la manière de les prévenir. À 7 heures du matin, j'ai commencé à frapper à la porte de la cellule. Le gardien a ouvert :

— Qu'est-ce que tu veux ?

— Deux personnes sont arrivées ici à minuit, ont appelé Massoumeh et Nastaran et les ont emmenées. Nous aimerions vous donner leurs affaires, car elles pourraient avoir besoin de leurs vêtements et d'autres choses. Nous manquons de place dans notre cellule et ce serait préférable que ces choses soient apportées à la prison ou à la cellule dans laquelle elles ont été transférées.

Le gardien, choqué, a ouvert grands les yeux. Après avoir retrouvé son souffle, il a dit :

— La nuit dernière, j'étais seul gardien. Dis-moi exactement qui ils étaient.

— Nous étions à moitié endormies et on ne les a pas vus. Ils ont juste ouvert la porte, ont appelé les noms de ces deux filles et les ont emmenées rapidement.

Le visage du gardien est devenu rouge de colère, son expression oscillait entre la peur et la fureur. Il a fermé rapidement la porte et il est parti. Moins de deux heures après, des pasdarans munis de chaînes ont fait irruption dans notre cellule pour nous frapper avec une incroyable cruauté. Visiblement, ils voulaient nous faire peur. Ayant prévu cette réaction, nous agissions avec surprise en protestant vivement et en criant : « Que s'est-il passé » et « Pourquoi vous faites ça ? ».

Leurs coups barbares ne donnant pas le résultat escompté, ils nous ont sorties de la cellule. Un gardien armé nous a surveillées pendant que trois autres fouillaient notre cellule. Ils fouillaient tout, y compris nos objets personnels, les couvertures, les sacs, regardant même sous la moquette. À la fin, ils sont revenus les mains vides. La fouille a duré environ deux heures. Ils se sont ensuite tournés vers nous en hurlant : « Où sont Massoumeh et Nastaran ? »

On a fait semblant de ne pas le savoir. Une deuxième série de coups terribles a commencé. On nous frappait, on nous bousculait, on nous jetait par terre et contre les murs. Après environ une heure sans réponse de notre part, ils étaient littéralement épuisés physiquement et ont quitté notre cellule.

Peu après, on nous a emmenées pour être interrogées une à une. Chaque séance durait entre trois et quatre heures. Parmi celles qui étaient condamnées à mort, certaines ne sont pas revenues de cet interrogatoire.

Lida Ghafouri a été emmenée à minuit et elle est revenue en cellule le matin vers 6 heures. À son retour, elle était en pleurs et nous a raconté le comportement brutal et abject des pasdarans : « Ahmad Gorgani, le directeur de la prison du club des officiers de Racht, et un pasdaran m'ont emmenée dans le jardin derrière la prison et se sont moqués de moi d'une façon dégoûtante. Ils m'ont bousculé et m'ont passée de l'un à l'autre comme un ballon. C'était atroce. À un moment donné, j'ai décidé de ne plus me laisser faire et de me défendre. Je leur ai crié dessus et je les ai injuriés. Alors, ils ont arrêté leur jeu cruel et se sont mis à me battre à tel point que je me suis évanouie. Je ne me rappelle pas vraiment ce qui s'est passé ensuite, à part un vague souvenir d'avoir été emmenée dans une pièce fermée où je me trouvais face à un mollah. J'ai rassemblé toutes les forces qui me restaient pour me lever et lui crier en face : « c'est ça votre islam ? Au milieu de la nuit, vos gardes emmènent une prisonnière dans un jardin et en font ce qu'ils veulent ? Vous et tout le reste de vos dégoûtants pasdarans, vous êtes sales et corrompus. Vous pouvez rendre n'importe quel verdict, je n'ai pas peur. »

Le mollah a dit : « Nous ne cherchons que la vérité. Comment ces deux femmes se sont-elles échappées ? »

J'ai dit : « Je ne sais pas. Comment le saurions-nous ? »

Après lui avoir posé d'autres questions, à la fin de l'interrogatoire, le mollah a dit à Lida : « C'était ta première session d'interrogatoire. Maintenant, pars. Nous te rappellerons. »

J'ai été appelée le lendemain. Notre accès aux toilettes était limité à une fois par 24 heures et j'ai commencé par protester en disant : « Quel genre de comportement est-ce d'interdire l'accès aux toilettes à toutes ces femmes ? »

L'interrogateur m'a répondu : « Tu peux aller aux toilettes. On s'occupera de toi après. »

À mon retour, ils m'ont bandé les yeux et m'ont maintenue debout sous la pluie pendant une demi-heure environ. Ensuite, ils m'ont emmenée dans une pièce où se trouvaient plusieurs personnes d'après les voix que j'ai pu discerner.

Au début, l'interrogateur faisait semblant de tout savoir. En riant, il a dit : « Pouran, quelqu'un a cafté en me disant que c'est toi qui es responsable de leur évasion. Tu serais la coordinatrice ».

J'ai répondu : « Tant mieux pour vous. Si quelqu'un vous a raconté cela et vous a donné des informations aussi crédibles, qu'attendez-vous ? Qu'avez-vous à gagner en m'interrogeant ? »

Alors, un autre interrogateur m'a frappé sur la bouche en me disant « Tais-toi ! Même si nous n'exécuterons personne d'autre, toi, tu seras pendue. »

Ensuite, les harcèlements ont commencé. Ils me piquaient avec un bâtonnet pointu. Puis ils m'ont montré une note écrite en disant : « Massoumeh et Nastaran nous ont donné cette note en nous affirmant que c'était ton écriture. Cela montre que tu leur as donné des instructions sur ce qu'elles devaient faire. »

Ils voulaient nous faire croire qu'ils avaient arrêté Massoumeh et Nastaran. Ainsi, ils clamaient haut et fort : « Pouran Najafi, nous savons que c'est toi qui les as aidées à s'échapper. Dis-nous simplement comment tu as fait. »

J'ai répondu : « Pourquoi vous ne le leur demandez pas à elles ? Vous les avez arrêtées et elles m'ont dénoncée. Donc, ce sont elles qui doivent parfaitement savoir comment elles se sont échappées ! Alors pourquoi avez-vous besoin de moi pour parler ?! Vous ne vous êtes pas demandé pourquoi je ne me suis pas échappée moi-même, en tant que bonne planificatrice. Si j'avais su qu'elles avaient l'intention de s'échapper, je serais partie avec elles parce qu'au moins, j'aurais évité d'être interrogée. Pensez-vous que j'ai perdu la tête ? »

Ils ont ensuite recommencé à me battre. J'ai continué à crier : « En quoi leur évasion a quelque chose à voir avec moi ? Je suis prisonnière comme elles l'étaient. Vous devriez aller interroger et battre vos propres gardiens qui dormaient au lieu de nous garder. Vous devriez améliorer vos procédures. Pourquoi devrais-je être blâmée pour l'évasion des deux prisonnières ? Vous n'avez aucune preuve contre moi. Si j'avais été impliquée, je me serais évadée moi-même. Vous devriez aller demander à vos amis si ce ne sont pas eux qui ont coopéré avec les évadées. » Dès que j'ai fait allusion aux pasdarans, leur colère a légèrement faibli et ils ont essayé de se montrer un peu plus conciliants.

L'interrogateur principal a dit : « Nous l'avons déjà fait. Deux de nos gardiens de service cette nuit-là ont été sanctionnés et sont en détention. C'est leur incompétence qui a créé cette situation dramatique pour nous. Mais pourquoi les as-tu aidées ? En ce moment, Massoumeh et Nastaran sont interrogées dans la pièce à côté et elles nous ont dit que tu les avais aidées. »

Je leur ai dit : « Si c'est le cas, alors c'est fini. Maintenant, je suis entre vos mains et vous pouvez prononcer n'importe quelle sentence contre moi. »

C'était le genre de déclaration qui poussait la fureur des interrogateurs à son comble. Finalement, leur chef a dit avec colère : « Emmenez cette hypocrite. Mais sache que tu as été découverte et que nous n'ignorons rien de tes machinations. C'est toi la responsable de la politique des hypocrites ici. »

L'interrogatoire avait duré 4 à 5 heures. Après avoir questionné encore deux ou trois autres femmes, les séances se sont enfin terminées. Mais dès le lendemain, le harcèlement psychologique et les pressions se sont intensifiés. D'abord les portions de nourriture ont été réduites et l'accès aux toilettes limité. En même temps, les gardiens complétaient la clôture en ajoutant un mètre de mur en hauteur et commençaient à mettre en œuvre un plan destiné à nous séparer. »

Dix-neuvième carnet

Dans la mer du peuple

À partir du 5 mai 1982, au lendemain de mon évasion, une période plus difficile encore de ma vie a commencé. Tout avait changé en huit mois d'emprisonnement. C'était comme si j'étais entrée dans une autre époque ou sur une autre planète. Sous la menace de la guerre avec l'Irak et des arrestations et exécutions aussi précipitées qu'arbitraires, Khomeini avait créé une telle atmosphère de terreur que l'Iran n'était rien de moins qu'un pays occupé. À cette époque, je me sentais comme un membre de la résistance française dont le pays était occupé par l'Allemagne d'Hitler. Quand je regarde les films de cette époque, cela réveille en moi le même sentiment d'anxiété et d'excitation. J'ai dû m'adapter aux nouvelles conditions. À la fois en termes d'apparence avec un changement de look et un peu de maquillage, et en termes mentaux et psychologiques. La moindre erreur pouvait conduire à mon arrestation, à la torture et l'exécution, comme à l'arrestation de ceux qui m'avaient hébergée.

Pendant huit mois passés dans les cachots des mollahs, j'étais loin d'être au courant de tout. Dans mes rêves, j'imaginais qu'après m'être échappée de prison, avec l'aide d'Ahmad, je rejoindrais les Moudjahidines dans le maquis pour continuer la bataille. Mais le régime a étouffé ce mouvement de « maquisards » dans le sang, et il n'était pas possible de les rejoindre. Or, Ahmad n'était plus libre. Ce n'est qu'après mon évasion que j'ai appris que mon frère Ahmad, qui n'avait que 17 ans à l'époque, avait été arrêté depuis un certain temps et se trouvait dans la même prison que celle dont je m'étais évadée. Ali, mon cousin, membre des Gardiens de la révolution, avait fait pression sur mon père pour qu'il me passe ce message : « Dites à Massoumeh de se rendre. Les pasdarans ont l'ordre de tirer sur elle partout où ils la verront. Si elle se rend, elle sauvera Ahmad ».

En fait, pour se venger mon évasion, les tortionnaires avaient accusé mon frère Ahmad de complicité. Ils savaient pourtant qu'Ahmad était en prison et n'avait aucun contact avec moi. Ahmad a de nouveau été interrogé et torturé pendant des mois. C'était quelque chose qui me ravageait et me détruisait. Mon Dieu, quelle dure épreuve ! Que devais-je faire ? Devais-je revenir en arrière et me rendre ou continuer à me battre ? Il y avait des moments où je me disais que si j'avais su qu'Ahmad était entre les mains des mollahs, je ne me serais pas enfuie. Mais Ahmad, mon cher frère, si adorable, avait une personnalité très forte malgré son jeune âge ; il était devenu un combattant et un résistant qui tenait tête à Khomeini, le dictateur assoiffé de sang, et je pouvais compter sur lui. Non ! Si je me rendais, Ahmad serait le premier à ne pas me le pardonner. Non, je ne permettrai pas à l'ennemi de se servir de mes émotions et de mes sentiments comme d'une faille pour me briser.

Dans ces circonstances, il ne m'a pas été facile de rejoindre l'OMPI. La communication était très difficile. Au début, j'ai pu transmettre les rapports et informations que j'avais de la prison à l'organisation via un agent de liaison.

Cette période de ma vie clandestine a duré deux ans. Deux ans pleins d'une foule de dangers et d'événements. Les aventures de cette période pourraient, en soi, faire l'objet d'un autre livre. Il y avait des familles qui risquaient la peine de mort pour m'avoir accueillie. Je n'ai jamais été trahie par le peuple iranien. Quand j'étais en prison, le bourreau Gorgani et le régime des mollahs prétendaient que le peuple iranien détestait l'OMPI et qu'elle n'avait aucune base populaire. Ce qui se répète encore après 40 ans. Gorgani disait : « Si nous vous ouvrons les portes de la prison, ce sont les gens qui vous tueront ».

Mais la réalité était tout autre. J'aurais certainement été arrêtée sans le soutien déterminant du peuple iranien. Obligeance que je n'oublierai jamais. Grâce à l'assistance des gens, j'ai eu la chance de pouvoir rejoindre les rangs de la résistance.

Je n'ai passé que quelques mois dans les cachots des mollahs iraniens. Pourtant il me semble que j'y ai passé presque toute ma vie. Car toute ma vie s'est trouvée changée du fait de cette épreuve. J'ai toujours eu l'impression que j'avais survécu à cette aventure par hasard ! J'ai survécu alors que ceux qui comme moi étaient réellement passionnés par leurs idéaux et leurs objectifs ne sont plus là.

J'ai perdu mes parents, mes frères et mon mari, à la suite de mes confrontations avec la tyrannie des mollahs au pouvoir en Iran. Mais je ne suis pas la seule à avoir perdu des êtres chers. Des milliers d'autres Iraniens sont devenus les victimes de ce génocide barbare et inhumain. Des milliers qui ont payé le prix fort pour avoir dénoncé ce régime, mais qui n'ont pas eu la chance ni le temps de faire connaître et comprendre les enjeux de cette terrible tyrannie religieuse au reste du monde.

En mémoire de ma mère

Après mon évasion, le régime des mollahs a arrêté, emprisonné et jugé ma mère qui était malade d'un cancer. Elle est morte quelques mois après sa remise en liberté à l'âge de 43 ans en été 1984.

Ma mère s'appelait Fatimeh Seighali. Au début des manifestations populaires contre le régime du Chah à Racht, ma mère a participé à nos côtés aux mouvements protestataires. Après la révolution, avec mon activité politique, elle a également fait la connaissance de l'OMPI et selon elle, a donné son cœur à Massoud Radjavi. Petit à petit, elle est devenue l'une des figures familières des mères sympathisantes de l'OMPI à Racht. Maman, que mes camarades appelaient « mère Raouf », participait à toutes les activités militantes. De la collecte d'aide financière à la distribution de publications dans les villages environnants, de la visite aux familles des prisonniers politiques à la tenue de rassemblements de protestation devant les prisons, de la divulgation des méfaits du régime au soutien des Moudjahidines, face aux attaques brutales des hommes armés et des fous des mollahs. Elle a mis sa vie, sa maison et tous ses biens au service des Moudjahidines.

Pour nous – mes frères et moi – dès notre enfance, maman a symbolisé l'amour et l'abnégation, et c'est d'elle que nous avons appris nos premières leçons d'honnêteté, de loyauté et d'humilité. Après la révolution et pendant la lutte contre les mollahs au pouvoir, elle est devenue notre camarade d'armes, notre plus grand réconfort et soutien, en d'autres termes « l'amie des jours difficiles ».

Au cours de mes deux années de vie clandestine, en différentes villes, j'ai fait de mon mieux pour rester en contact avec ma mère et au total, j'ai pu la voir secrètement trois fois. Chaque fois, avec enthousiasme et sans aucun regret ni plainte, elle me racontait les aventures qui lui étaient arrivées.

Après quelques mois passés en secret dans la ville de Langaroud[37], je suis retournée à Racht. C'est à l'automne 1982 que j'ai pu contacter ma mère par l'intermédiaire d'un membre du réseau des mères de Racht, pour obtenir des informations sur Ahmad. Mère Mehri était allée à la rencontre de ma mère, mais elle n'a pu résister devant son insistance pour venir me voir et elle l'a emmenée dans la maison où je me cachais. J'étais à la fois surprise et heureuse de voir ma mère, je l'ai prise dans mes bras, elle pleurait de joie. Je lui ai dit :

— Maman, c'est très dangereux. Tu n'aurais pas dû venir. Êtes-vous sûres que personne ne vous a suivies ?

---

[37] Langaroud est une ville de la province du Guilan en Iran, située sur le littoral sud de la mer Caspienne.

— Oui, ma fille. J'en suis sûre. Sinon je ne serais pas venue.

À chaque instant, maman me serrait dans ses bras et m'embrassait en disant :

— Tu as le parfum d'Ahmad. Mon chéri, mon brave Ahmad. Mon fils adoré qui est tombé dans la gueule du Loup.

Lorsqu'elle a pu maîtriser son émotion, elle m'a expliqué les événements qui s'étaient produits en mon absence.

Mon frère Mahmoud, qui était comptable à la mairie de Manjil, avait été licencié de son travail. Sa femme avait également été rejetée lors d'un entretien pour un emploi dans l'éducation. Tout simplement parce qu'elle était la belle-fille de notre famille. Ma mère a continué :

— Quand j'ai entendu la nouvelle de ton évasion, je ne pouvais pas y croire au début. Ton père non plus. Mahmoud était la seule personne à se montrer heureux et souriant et il s'est même mis à danser pour essayer de nous sortir de notre incrédulité. Mahmoud disait : « Je suis sûr que Massoumeh s'est échappée. Croyez-moi, elle est capable de le faire ».

Après mon arrestation, ma mère essaya tout ce qui était en son pouvoir pour protéger son fils Ahmad, poursuivi par les Gardiens de la Révolution. Elle a loué une maison dans l'un des quartiers de Racht, assez loin de chez nous. Ahmad quitta l'école et s'installa dans cette maison avec ses amis. Pendant cette période, ma mère leur fournit la nourriture et les matériaux nécessaires à leurs besoins. Jusqu'à ce que les Gardiens de la Révolution attaquent la maison et arrêtent Ahmad et ses amis à la mi-avril 1982.

Ma mère m'a expliqué :

— Après l'arrestation d'Ahmad, j'ai frappé à beaucoup de portes pour suivre son affaire judiciaire. J'ai finalement réussi à trouver le juge de la charia responsable de son dossier, qui était Allahverdi Moghadassifar. Je lui ai dit : « mon fils est innocent. Il est mineur, vous devez le libérer. C'est moi qui l'ai caché. J'ai loué une maison pour lui. Lorsque vous arrêtez tous les sympathisants des Moudjahidines dans les écoles et les lycées, que pouvons-nous faire, nous les parents, pour garantir la sécurité de nos enfants... ? »

En réponse à ma protestation, le juge de la charia a dit grossièrement : « Quel enfant mineur ? Il est le commandant des Moudjahidines. Il était responsable de gens plus âgés que lui. Il devrait être puni à leur place ! »

Après un long suivi et des protestations, j'ai réussi à obtenir une visite pour voir Ahmad. Il ne paraissait pas avoir traversé d'interrogatoires difficiles. Il me demandait surtout des informations et des nouvelles de l'extérieur. Quand je lui ai appris que tu t'étais évadée de la prison d'Afsaran, il était aux anges. Il n'arrêtait pas de dire : « Mon Dieu, merci ! Dis-lui que je suis fier d'elle ! Elle doit continuer ce que nous n'avons pas achevé. »

Ahmed était si heureux que j'avais peur que les gardes le remarquent. La fois suivante, quand je suis allée à la prison, Ahmad était interdit de visite et dans l'attente d'un transfert à la prison de Sepah pour des interrogatoires et des tortures. Cette fois, le crime dont Ahmad était accusé, c'était d'être le complice de ton évasion. Quelques mois plus tard, quand je l'ai revu, je lui ai posé des questions sur son interrogatoire et son nouveau procès. Il a souri. Son moral était si élevé et si résilient qu'il a remonté le mien en disant :

« Il n'y avait rien. Ça mériterait plus que ça. Plus ils me frappaient, plus j'étais convaincu qu'ils mentaient et qu'ils n'avaient pas réussi à arrêter Massoumeh, c'est pourquoi ils étaient si enragés. »

En entendant ces mots de ma mère, je me sentais soulagée. La résistance et l'héroïsme d'Ahmad m'ont rendue encore plus déterminée. C'était ce même Ahmad audacieux que je connaissais, qui avait fait ses preuves en pratique. J'ai écrit une courte lettre à Ahmed, en expliquant à ma mère comment la lui faire parvenir en la camouflant dans des objets ordinaires. J'ai été si bouleversée par les récits de ma mère que je n'ai pas vu le temps passer. Je devais lui dire au revoir. Je l'ai serrée dans mes bras et l'ai embrassée. Ma très chère petite maman. Quelle chance d'avoir une mère comme toi !

Quelques mois plus tard, j'ai été forcée de quitter la ville de Racht en raison des arrestations et coups durs portés à une grande partie des réseaux de l'organisation des Moudjahidines. Avant mon départ, ma mère m'a envoyé un cadeau d'Ahmad et une importante somme d'argent. Je suis allée à Mashhad, une grande ville touristique et de pèlerinage dans l'est de l'Iran.

Le cadeau d'Ahmad était un collier qu'il avait fait en prison. Sur un petit morceau de pierre plate ovale, il avait gravé un papillon et l'initiale de mon nom « M ». Il avait utilisé des fils de chaussettes bleu foncé pour fabriquer la chaîne. Des années plus tard, j'ai offert ce précieux collier au musée des martyrs et des prisonniers politiques de la Résistance.

En juin 1983, ma mère a été arrêtée et pendant des mois je suis restée sans nouvelles d'elle. À la fin de l'automne 1983, alors que j'attendais un agent de liaison venu de la part de l'organisation, c'est ma mère qui est venue à Mashhad et qui m'a apporté le message.

Maman, comme toujours, était de bonne humeur et racontait les histoires douces-amères qui lui étaient arrivées pendant cette période. L'incendie de la prison du club des officiers (Afsaran) ainsi que la déportation d'Ahmad vers les prisons d'Evine et de Gohardacht faisaient partie de ces nouvelles.

Le 12 mars 1983, la prison d'Afsaran a été incendiée. La nuit de l'incident, les Gardiens de la Révolution ont tiré sur les prisonniers politiques qui fuyaient le siège. Sept prisonniers pro-moujahidine ont péri, complètement brûlés. Mon frère Ahmad se trouvait dans cette prison au moment de l'accident.

Ma mère me disait qu'elle et toutes les familles s'étaient rassemblées devant la prison ce soir-là. Les larmes aux yeux, ils avaient supplié les mercenaires des mollahs d'ouvrir les portes et de ne pas laisser leurs enfants brûler vifs. Ahmad, inconscient, a été sorti des flammes par l'un de ses camarades. Ce crime avait eu lieu à la veille du Nouvel An iranien. Toute la ville en était abasourdie. Personne n'a célébré le Nouvel An cette année-là à Racht. Toute la ville était en deuil.

Cette nouvelle a été un grand choc pour moi. Quand j'étais à Afsaran, notre cellule était à côté de la section des hommes. Je connaissais bien l'endroit. Lorsque j'ai appris la nouvelle – même si j'avais entendu à maintes reprises des bourreaux nous dire que s'il y avait un soulèvement, ils nous tueraient tous –, je ne pensais pas qu'ils commettraient un tel crime !

Quelques mois après de l'incendie de la prison, en juin 1983, le procureur de Racht, Mohsen Khodavardi, a décidé d'expulser une quarantaine de détenus de Racht, parce qu'il n'arrivait pas à briser leur résistance à l'intérieur de la prison. Mon frère Ahmad était l'un d'eux. Ces prisonniers ont d'abord été transférés de la prison de Racht à la prison d'Evine à Téhéran, puis à la prison de Gohardacht à Karaj. Ils ont passé deux mois en isolement et sous la torture. Puis Sobhi, le chef de la prison, et Davood Lashkari, l'un des bouchers de Gohardacht, les ont envoyés à la section 18 après de lourdes menaces. Désormais, ma mère devait parcourir 327 kilomètres pour voir Ahmad.

En juin 1983, quand ma mère est allée rendre visite à son amie Mère Ganjei, la maison a soudain été attaquée par les Gardiens de la Révolution. Tous dans la maison, y compris Mère Ganjei et ses filles, et les invités dont ma mère, ont été arrêtés. Lorsque les pasdarans ont attaqué, ma mère a réussi à faire diversion afin que Hossein Karimian[38], le gendre de la famille Ganjei, puisse échapper au

[38] Hossein Karimian, père de deux enfants, une des figures très connues de l'OMPI à Racht, a été arrêté à plusieurs reprises dès 1980. Il a été exécuté en 1984.

siège. Pendant l'interrogatoire, ma mère ne voulait pas que les inspecteurs et tortionnaires connaissent son identité ni qu'elle était ma mère et celle d'Ahmad. Elle a gardé son secret pendant des heures et s'est moquée de ses interrogateurs en leur donnant des informations fausses et fictives. Ma mère m'a ainsi raconté son interrogatoire :

— J'étais séparée des autres mères avec lesquelles j'avais été arrêtée. Mes yeux étaient bandés. Des heures s'étaient passées à leur raconter les mêmes histoires. Soudain, une voix familière dans la salle d'interrogatoire a donné mon vrai nom, mes coordonnées et vos noms à toi et Ahmad. J'ai reconnu la voix de cette ordure qui n'avait même pas respecté la femme de son oncle. C'était Ali Haghparast, ton cousin pasdaran qui lèche les bottes de Khomeini. J'ai dit d'une voix forte : « Infâme ! Ce n'est pas parce que j'ai les yeux fermés que je ne te reconnais pas. Je te crache dessus ! »

Pendant l'interrogatoire, l'inspecteur n'arrêtait pas de dire : « Nous avons arrêté votre fille et nous voulons l'exécuter ce soir. Elle est maintenant dans la cellule adjacente, écoutez sa voix » !

Quand j'ai écouté, j'ai entendu des bruits de fouets et de tortures exécutés sur une jeune fille, dans la cellule voisine.

L'interrogateur n'arrêtait pas de dire : « Entendez-vous ? Vous devez parler, cela ne sert à rien de dissimuler, nous l'avons arrêtée et elle nous a tout dit. »

Un instant, j'ai cru que tu avais été arrêtée. Mon cœur tourmenté me faisait mal. Mais je me suis immédiatement reprise. Ma fille ou quelqu'un d'autre, quelle différence cela fait-il ? Ce sont tous des Moudjahidines.

Je me suis dit que je ne devais pas m'incliner devant les tortionnaires. Je devais résister. Pour découvrir leur bluff, j'ai dit calmement : « puisque vous avez déjà condamné ma fille à mort, alors, maintenant que vous allez l'exécuter, accordez-moi une courte visite afin que je puisse l'embrasser une dernière fois. »

À peine avais-je fini ma phrase qu'ils ont soudain explosé et ont commencé à me frapper en criant : « Mère des hypocrites ! Vous êtes plus hypocrite que vos enfants. »

Le mollah Moghadassifar, ce même juge religieux qui m'avait déjà condamnée à 20 ans de prison et Ahmad à 5 ans, a jugé ma mère. Son "crime" était d'avoir des enfants qui militaient au sein de l'OMPI et de soutenir elle-même ce mouvement. Ma mère, malade d'un cancer, a été emprisonnée pendant dix-sept jours dans le sous-sol de la prison du Sepah. Elle a été libérée en raison de son état de santé qui ne cessait de se dégrader.

Cependant, l'esprit combatif de ma mère demeurait remarquable. Elle était toujours prête à défendre les Moudjahidines en toutes circonstances. À cet égard, elle n'a pas transigé, y compris avec ses proches. Malgré les souffrances de sa maladie et les reproches de nos familles qui disaient : « Pourquoi ses enfants ont-ils rejoint la lutte pour la liberté au lieu de prendre soin de leur mère ? » Elle nous défendait activement : « S'ils ne l'avaient pas fait, ils ne seraient pas mes enfants. Je suis fière que mes enfants soient des Moudjahidines et qu'ils poursuivent la voie de Massoud ».

J'ai raconté que ma mère portait un message des Moudjahidines à mon intention. Elle m'a donné une lettre qu'elle avait soigneusement cachée dans ses vêtements. Le message venait de l'organisation de Racht. Ils me demandaient d'être à la fois patiente et prudente et d'éviter de communiquer avec les différents réseaux, parce que cela augmentait le risque d'être exposé et arrêté. Désormais, m'écrivaient-ils, vous ne serez plus en contact avec l'organisation de Racht. Votre agent de liaison sera une personne nommée Behrouz, qui vous contactera. Notre suggestion est que vous quittiez l'Iran pour y rejoindre l'OMPI à l'étranger.

J'ai lu le message plusieurs fois. Un message qu'il m'a été très difficile d'accepter. Maman, qui semblait au courant du contenu du message, a compris mes doutes et m'a dit :

— Ma fille, pourquoi tu n'y vas pas ? Pourquoi es-tu toujours en Iran ? De nombreux responsables de l'OMPI sont partis à l'étranger. Mais tu ne sais pas comme ils te recherchent partout ! S'ils arrivent à t'arrêter, ce sera une victoire pour eux. Le mollah criminel Moghadassifar, tout en tremblant de colère et en frappant sur la table, m'a dit : « On dit que votre fille était le cerveau et l'initiatrice de cette évasion. Si nous l'arrêtons à nouveau, je vais écraser personnellement son cerveau. »

Comment pouvais-je quitter l'Iran, cette patrie blessée, occupée par les mollahs ? Je ne voulais pas quitter l'Iran. Mais au fond de mon cœur, j'ai réalisé que j'étais vraiment dans une impasse. Je ne pouvais plus vraiment faire quoi que ce soit du fait que j'étais recherchée et que je devais vivre en clandestinité. En plus, la vie de tous ceux qui m'avaient aidée était en danger. L'organisation, en qui j'ai eu confiance jusqu'à la moelle des os, me proposait un moyen de continuer la lutte. Il était donc clair que si mon objectif était de poursuivre la lutte contre le régime des mollahs, je devais choisir l'exil.

Le 8 avril 1984, avant de quitter Téhéran pour le Kurdistan, grâce au réseau de résistance, j'ai appelé ma mère pour lui dire « au revoir ». Je ne savais pas que c'était la dernière fois que j'entendrais sa voix. Elle était très heureuse de cette nouvelle. Je peux encore entendre le murmure et le son de sa douce et belle voix dans mes oreilles : « Allez, bonne route. Que Dieu soit avec toi ! »

Le 19 avril 1984, j'ai traversé la frontière irano-irakienne. J'ai gagné d'abord le Kurdistan iranien avant de rallier le Kurdistan irakien à cheval, grâce à l'aide des Kurdes iraniens sympathisants de la résistance. Quelques mois plus tard en Irak, j'ai reçu une lettre de mon frère Mahmoud qui m'écrivait :

« La grande âme de maman a quitté son petit corps faible et a rejoint l'éternité ».

Que son âme soit en paix. Sa mémoire sera toujours vivante dans mon cœur. On s'en souviendra dans l'histoire de l'Iran.

Le dernier carnet

Pourquoi devrais-je m'arrêter ?
Je suis un descendant des arbres ;
Respirer l'air vicié me déprime ;
Un oiseau qui est mort m'a conseillé de me souvenir du vol.
Pourquoi devrais-je m'arrêter ?

Forough Farrokhzâd[39]

Traversée des hautes montagnes enneigées du Kurdistan

Après mon évasion de prison, j'ai vécu en clandestinité dans différentes villes d'Iran pendant deux ans. À l'automne 1983, après avoir reçu le message et la ligne de l'organisation pour quitter le pays, je cherchais un moyen de le faire. Il était clair qu'il ne m'était pas possible d'obtenir un passeport et de quitter légalement le pays. Cependant, j'utilisais une carte d'identité avec un faux nom. Donc j'ai dû chercher un autre moyen de sortir du pays. À cette époque, de nombreux opposants au régime

[39] Forough Farrokhzad était une grande poétesse contemporaine iranienne (1935-1967).

ont réussi à quitter l'Iran grâce à de grosses sommes d'argent et en ayant recours à un réseau de trafiquants d'êtres humains depuis les frontières de la Turquie ou du Pakistan. Pour une jeune fille comme moi, cela ne semblait pas être une bonne solution. Bien sûr, mon frère aîné Mahmoud et ma mère étaient prêts à m'accompagner à la frontière si je trouvais une telle possibilité. Mais du point de vue de la sécurité, c'était bien trop dangereux. Parce qu'ils étaient eux aussi connus et surveillés par le régime. Behrouz, mon agent de liaison avec l'OMPI, m'a suggéré de me rendre dans la région du Kurdistan. À cette époque, malgré la guerre Iran-Iraq aux frontières occidentales du pays, certaines zones du Kurdistan étaient aux mains des forces guérillas kurdes de peshmergas et de Moudjahidines. L'OMPI avait également installé sa station de radio Moujahid au Kurdistan et diffusé des programmes à partir de là. J'étais vraiment contente de cette offre et j'avais hâte de me rendre au Kurdistan. J'attendais le bon moment pour partir. Mais en décembre 83, Behrouz m'a annoncé que mon voyage au Kurdistan avait été reporté : en raison de l'escalade des affrontements entre le régime et les combattants peshmergas et Moudjahidines, ils ont été contraints de se retirer de certaines régions.

À cette époque, j'étais à Machhad, hébergée chez une femme professeur de littérature persane dans un lycée de filles. Elle avait loué le rez-de-chaussée d'un appartement et vivait seule. Son propriétaire pensait que j'étais l'une de ses cousines et personne ne savait rien sur mon passé.

Mon surnom à l'époque était Mina. Un jour, Mme Dabir m'a dit : « Aujourd'hui, j'ai un invité spécial qui vient de Téhéran. C'est une personne digne de confiance et je veux que tu le rencontres ». Normalement, chaque fois qu'un invité venait chez elle, je restais dans une autre pièce en fermant la porte. L'invité, surnommé Abbas, était un jeune étudiant en ingénierie à l'Université de Téhéran, responsable d'un groupe politique étudiant, et était recherché par le régime pour ses activités. J'ai accepté cette réunion à la condition qu'aucune information à mon sujet ne soit donnée à Abbas, mise à part mon appartenance à l'OMPI. C'est la loi de la vie en clandestinité sous un régime oppressif et impitoyable. Toute information supplémentaire peut être à l'origine de coups et d'arrestations. Mme Dabir accepta volontiers et Abbas vint déjeuner. Il était très poli et humble, intellectuel et studieux. La plupart de nos discussions portèrent sur les sujets politiques. L'atmosphère de Téhéran, les arrestations, emprisonnements et exécutions d'étudiants, etc.

Mme Dabir était d'avis que la révolution démocratique en Iran avait un long chemin à parcourir. Elle a dit : « L'Iran est un grand pays avec une position géopolitique. Les Occidentaux ne veulent pas que leurs intérêts soient menacés, c'est pourquoi ils ont fermé les yeux sur les crimes des mollahs. D'autant que les révolutionnaires iraniens ne sont affiliés à aucun pays. Ni le bloc de l'Ouest ni le bloc de l'Est. Alors que Khomeini est à la fois avec l'Orient et l'Occident… »

Le visage d'Abbas m'était familier. Il avait environ 22-23 ans. À sa peau claire et à ses cheveux blonds, il était facile de deviner qu'il venait du Nord. Même si c'était la première fois que je le voyais, il ressemblait à quelqu'un que j'avais déjà vu. Oui, il ressemblait à la mère de l'un des prisonniers que j'avais rencontrée à plusieurs reprises. Sa famille habitait à Racht et son frère était un prisonnier politique pro-Moudjahidines. Je connaissais sa famille et j'étais en contact avec sa mère à cause de son frère qui était en prison. J'ai dit à Abbas :

— Si je ne me trompe pas, je pense connaître votre famille et je suis allée chez vous plusieurs fois.

Il a été surpris et, pour être sûr que je ne bluffe pas, m'a demandé quelle était l'adresse de leur maison.

Je lui ai donné l'adresse et quelques détails sur les membres de sa famille. Même le numéro de la maison, la couleur de la porte et la forme du bâtiment.

— Ah, les camarades des Moudjahidines. Leurs informations sont très pertinentes, m'a-t-il répondu en riant. Puis-je en savoir plus sur vous ?

— Oui, je suis Mina, partisane des Moudjahidines à Racht. Mon frère est un prisonnier politique comme votre frère. Je pense que cela devrait vous suffire.

Abbas a dit qu'il était arrivé à la conclusion que travailler avec des petits groupes isolés était inefficace, qu'il devrait être connecté à un courant plus grand et plus fort, et qu'il voulait aller au Kurdistan pour rejoindre l'OMPI.

— Quelle coïncidence intéressante ! Parce que je veux aussi aller au Kurdistan. Mais mon départ a été retardé à cause de la guerre dans la région.

Nous nous sommes promis de nous aider mutuellement à trouver un moyen pour nous y rendre. Mme

Dabir a accepté d'être notre agent de liaison, car dans ma situation, je ne pouvais pas donner un numéro de téléphone ou une adresse à Abbas.

Quelque temps plus tard, je suis allée de Machhad à Téhéran en bus pour me rendre au Kurdistan via le réseau que Behrouz m'avait présenté. La distance de Téhéran à Machhad est de 900 km et il faut environ 13 heures en bus. Ce long voyage était très dangereux avec de nombreux postes de contrôle et inspections des gardiens de la révolution qui à chaque fois montaient dans le bus, regardaient attentivement les visages de tous les passagers et descendaient ceux qui semblaient suspects.

J'étais seule lors de ce voyage. Or il n'est pas courant qu'une femme voyage seule pour un trajet si long. J'avais l'air d'une jeune femme mariée. Je portais un manteau élégant avec un foulard et un peu de maquillage. Le bus s'est arrêté devant un restaurant sur la route, pour le dîner et les prières des passagers. Je suis descendue et j'ai regardé autour de moi, lorsqu'une femme d'âge moyen portant un voile noir – seuls ses yeux étaient visibles – s'est approchée de moi et brusquement m'a crié :

— Pourquoi piétinez-vous le sang des martyrs !

Très surprise et ne comprenant pas bien sa phrase, j'ai regardé le sol sous mes pieds et j'ai dit :

— Je piétine quoi ?

— Le sang des martyrs, madame ! Vous devriez avoir honte d'être mal voilée !

Selon cette femme du Hezbollah, mon allure et les vêtements que je portais n'étaient pas appropriés et conformes aux valeurs des mollahs.

Le chauffeur du bus, témoin de l'attaque de cette femme contre moi à cause de mes vêtements, est intervenu et a dit à la femme :

— Laisse-la tranquille, Mamie. Ils ne la mettront pas dans votre tombe.

Avec le soutien du chauffeur et son assistance, la femme du Hezbollah a repris son chemin et est partie. Le chauffeur, un homme d'âge moyen, m'a dit avec une affection paternelle :

— Venez dîner à notre table.

— Merci. Je ne veux pas vous déranger.

— Vous ne me dérangez pas. Je vous invite pour que les imbéciles ne vous dérangent pas.

J'ai accepté et j'ai dîné avec eux. Il était clair qu'il était très bouleversé par la répression du régime, en particulier contre les femmes. Il m'a dit : « Ces gens sont ridicules. Au nom de la religion, ils ne respectent rien ».

Je suppose qu'il avait deviné que j'étais une activiste politique. Il ne m'a pas posé de questions sur les raisons pour lesquelles je voyageais seule. Au contraire, lorsque nous sommes remontés dans le bus, il a changé mon siège en me disant :

— Asseyez-vous derrière moi. Je ferai attention que personne ne vous dérange.

Chaque fois que les gardiens de la révolution montaient dans le bus pour le contrôle, il se comportait comme si j'étais une de ses proches. Avec l'aide de ce noble chauffeur, je suis arrivée saine et sauve à Téhéran.

J'étais à Téhéran depuis plus d'un mois quand mon voyage au Kurdistan a de nouveau été annulé. Je n'avais plus d'endroit où loger. Par l'intermédiaire de Mme Dabir, j'ai pris rendez-vous avec Abbas dans un café de Téhéran. J'espérais qu'il pourrait m'aider à trouver un endroit où attendre le prochain appel de Behrouz. Abbas m'avoua que plusieurs de ses amis avaient récemment été arrêtés et que son réseau était compromis. Ainsi j'ai dû retourner à Machhad chez Mme Dabir.

C'est à la mi-mars 1984 qu'Abbas a appelé. Mme Dabir m'a donné le téléphone :

— Dans quelques jours, je ferai le voyage dont nous avons parlé. Êtes-vous toujours sur votre décision et souhaitez-vous partir ?

— Oui. Oui. Ma décision est définitive.

— Quand pouvez-vous être à Téhéran ?

— Demain.

Je n'avais pas de nouvelle de Behrouz, mon agent de liaison avec l'OMPI depuis un certain temps. Je ne pouvais pas l'appeler. Je n'avais pas son numéro de téléphone. Cependant, j'ai décidé de ne pas attendre son appel. Je faisais confiance à Abbas et j'avais peur de perdre cette opportunité d'aller au Kurdistan et de rejoindre l'OMPI.

Mme Dabir, qui était au courant de mon voyage précédent, n'a pas accepté que je parte à Téhéran seule. Malgré le fait qu'elle travaille, elle a pris un congé immédiat pour m'accompagner et le lendemain, nous sommes partis de Machhad à Téhéran en bus. Ce voyage non plus n'a pas été sans aventure. À l'un des points de contrôle, un des pasdarans armés qui était monté dans le bus s'est arrêté devant Mme Dabir en lui demandant :

— Êtes-vous sans tutelle ?

— Quoi, tutelle ? a dit Mme Dabir avec surprise.

— Je veux dire que vous voyagez seule ? a répondu le pasdaran.

— Oui, je voyage seule. Je suis professeur de lycée et je n'ai pas besoin de la permission de quelqu'un, a déclaré Mme Dabir visiblement fâchée de cette humiliation.

J'étais assise à côté d'elle et mon cœur battait la chamade. J'ai essayé de feindre l'indifférence. Je me suis dit qu'après Mme Dabir, ce serait à mon tour d'être interrogée et ils découvriraient ma fausse carte d'identité.

Ce pasdaran vérifia les papiers d'identité de Mme Dabir et il me regarda, se détourna et se dirigea vers quelqu'un d'autre. Une échappée belle, ou comme on dit en persan, le danger est passé à côté de mes oreilles. Bref, nous sommes arrivées à Téhéran. Abbas était au rendez-vous. Il a dit qu'il avait été connecté à un réseau kurde, natifs du pays, ils connaissaient bien la région et pouvaient nous emmener dans une zone semi-libre contrôlée par des guérilleros peshmergas et Moudjahidines. « Je pars demain, mais j'ai tout arrangé. Nous préparerons une carte d'identité avec un nouveau nom pour vous. Je vais vous présenter au responsable de mon équipe, Ali ; il résoudra le problème du logement et des communications ». Abbas, Ali et moi nous sommes rendus là où je devais m'installer. C'était un appartement habité par un jeune couple avec un enfant d'environ deux ans. Il y avait une très belle jeune femme nommée Leila qui était elle-même kurde. Son mari était ingénieur pétrolier dans le sud du pays et venait à Téhéran une fois toutes les deux semaines pendant quelques jours. Je me suis très vite familiarisée avec Leila. Avec moi elle sortit de sa solitude. Je ne quittais pas la maison et je passais mon temps à cuisiner, à coudre et à m'occuper du bébé de Leila.

Le 7 avril 1984, Ali est venu chez Leila pour me voir. Il était très heureux et m'a informée qu'Abbas était arrivé sain et sauf à la base des Moudjahidines au Kurdistan. « L'équipe qui a emmené Abbas accepte de vous emmener aussi. Mais pour les convaincre, Abbas a dû leur dire que vous êtes sa femme ! Demain, les parents d'Abbas viendront à Téhéran de Racht pour vous accompagner. »

Un instant j'ai été surprise par cette idée. Je n'ai pas aimé le fait qu'Abbas n'ait pas vérifié son récit avec moi.

— Qu'avez-vous dit à ses parents ? Ils me connaissent bien, ai-je demandé à Ali.

— Je ne sais pas ce qu'il leur a dit. Allez voir sur place, m'a-t-il répondu.

Bien que la raison m'ait été compréhensible, ça n'a pas été facile à digérer. Je ne voulais pas que les parents d'Abbas aient des illusions sur moi. Il était clair qu'Abbas avait soigneusement réfléchi et planifié chaque détail de notre voyage au Kurdistan. Mon hébergement dans un endroit sûr et convenable. Résoudre les problèmes de communications et combinaisons de l'équipe pour aller au Kurdistan, etc.

Le lendemain, Ali et moi sommes allés dans un hôtel de Téhéran où étaient les parents d'Abbas, ainsi que des amis kurdes qui devaient nous emmener au Kurdistan.

La mère d'Abbas m'a reconnu et était très heureuse de me voir, elle m'a serré dans ses bras. Je ne les avais pas vus depuis trois ans. Entre-temps, sa mère avait pris un coup de vieux. Elle m'a dit qu'Abbas lui avait envoyé un message pour accompagner l'un de ses amis. « Je ne savais pas que c'est toi. Tu ne sais pas à quel point j'ai été bouleversée lorsque tu as été arrêtée. Selon la rumeur, lors de ton arrestation, les gardiens t'ont tiré dessus et tu as été tuée. Comme je suis heureuse de te voir ».

J'ai déjeuné avec les parents d'Abbas et le propriétaire de l'hôtel, qui était lui-même kurde. Son fils Massoud était membre des Moudjahidines. Le père de Massoud m'a dit qu'il n'avait plus entendu parler de son fils depuis longtemps et qu'il ne savait pas s'il était encore en vie ou s'il avait été arrêté et exécuté. « Si vous allez chez Moudjahidines, enquêtez sur le sort de mon fils et faites-moi savoir ». Il m'a donné son numéro de téléphone.

Le père de Massoud m'a présenté Ako, l'agent de liaison qui allait nous emmener au Kurdistan. Ako a dit qu'il voulait me parler seul en privé. C'était un jeune homme d'environ 25-30 ans. Il parlait le persan avec un fort accent.

— Êtes-vous du Nord ? lui ai-je demandé.

— Non, je suis kurde et j'appartiens à une organisation du parti kurde. Je voulais vous dire quelque chose avant de partir. Madame, vous êtes une enfant de la ville. Le Kurdistan est différent de l'Iran. Les peshmergas et les guerriers Moudjahidines sont dans les montagnes et ont une vie extrêmement difficile. Là-bas il y a la guerre.

Il fait froid et il y a la souffrance de la faim. Mon avis est que vous feriez mieux de ne pas y aller et de rester ici. Jusqu'à présent, je n'ai accepté d'emmener aucune femme au Kurdistan. Je dis cela pour vous, dans une intention bienveillante.

Ako pensait probablement que j'étais une femme ordinaire qui voulait aller au Kurdistan pour rejoindre son mari. Je lui répondis :

— Tout ce que vous dites sur les difficultés, la guerre, le froid, etc. est vrai. Je n'ai aucun doute là-dessus. Mais laissez-moi vous dire qui je suis vraiment. Je suis une Moudjahidine. J'étais prisonnière. Je me suis échappée de prison. Je suis susceptible d'être arrêtée et exécutée à tout moment. Si j'ai de la chance, je serai tuée lors de mon arrestation. Parce que la mort sous la torture m'attend. Si vous voulez mon bien, si vous voulez m'aider, aidez-moi à aller au Kurdistan et chez les Moudjahidines.

— J'ai beaucoup de respect pour les Moudjahidines, a déclaré Ako, visiblement très surpris.

— Je promets de vous emmener chez les Moudjahidines. Nous allons partir à Mahâbâd aujourd'hui. Mon frère Alireza vous accompagnera jusqu'à ce que vous atteigniez les camps de Moudjahidines.

Leur extraordinaire confiance et leur respect envers moi en tant que Moudjahidines m'ont honorée et j'ai été submergée de fierté. Ce sont les gens pour qui je lutte, pour leur liberté. Le peuple, dont les mollahs et ses tortionnaires prétendaient et répétaient toujours le même mensonge, « Le peuple iranien déteste les Moudjahidines et ils n'ont aucune base populaire. »

Mahâbâd est environ à 6 ou 7 heures en voiture de Téhéran. Nous sommes partis vers 16 heures. Alireza conduisait et le père d'Abbas était assis sur le siège avant. La mère et moi étions assises sur la banquette arrière. En cours de route, nous avons répété les questions et réponses auxquelles, en cas d'arrestation et d'interrogatoire, nous devrions répondre. Le moral de ces parents nobles et souffrants, dont le fils était toujours dans la prison de mollahs criminels, était admirable. Ils étaient prêts à accepter n'importe quel risque avec un sacrifice absolu pour aider les Moudjahidines. Plus nous nous rapprochions du Kurdistan, plus il y avait de points de contrôle. Habituellement, après avoir questionné le chauffeur et vérifié les cartes d'identité d'Alireza et du père, ils jetaient un œil sur la banquette arrière et nous laissaient passer. À première vue, nous ressemblions à une famille ordinaire qui se rendait dans leur famille kurde.

La nuit, nous sommes arrivés à Mahâbâd et nous sommes allés dans la famille d'Alireza. Notre hôte nous a accueillis chaleureusement. La mère de cette famille a commencé à me parler très gentiment en kurde, mais je n'ai rien compris. Alireza a traduit qu'elle disait : « Vous ressemblez trop à ma fille. Quand vous êtes entrée, je pensais que Rana était revenue. Elle est partie dans les montagnes chez les peshmergas kurdes depuis un certain temps ». Alireza a ajouté en riant : « C'est très bien que vous ressembliez à une Kurde. Personne ne se doutera que vous venez d'une autre province ».

Le lendemain, les parents d'Abbas sont retournés à Téhéran et Alireza et moi sommes restés à Mahâbâd. Alireza m'a expliqué que sortir de la ville de Mahâbâd, qui est entourée par les gardiens de la révolution, n'est pas facile. D'autant que c'est une petite ville et que les agents locaux du régime, que les Kurdes appellent « Jache » ou les collabos, connaissent les habitants. Pour quitter Mahâbâd sans problème, nous devions contourner le point de contrôle. Selon le plan d'Alireza, nous avons décidé de sortir de la ville à pied, par un chemin latéral. Pour cela, j'ai dû changer de look. J'ai revêtu des vêtements traditionnels de femmes kurdes, qui sont des robes longues et colorées. La beauté de la tenue traditionnelle kurde est admirable. L'après-midi, il faisait beau lorsque je suis sortie avec les filles de cette famille pour une promenade, et nous sommes allées chez un cousin d'Alireza. De cette façon, nous avons contourné le point de contrôle de sortie de Mahâbâd. Je suis restée dans cette maison jusqu'à la nuit. Alireza m'a rejoint et m'a dit que nous partirions le soir même avec deux guides locaux. J'ai changé mes vêtements de femmes pour des vêtements d'hommes kurdes. Nous sommes allés chez les guides locaux qui devaient nous emmener à l'OMPI. Une maison rurale en terre battue et presque vide. Je n'ai jamais vu la pauvreté nulle part comme je l'ai vue au Kurdistan.

Le soir du 9 avril 1984, nous sommes partis avec eux. Ils avaient deux chevaux pour nous quatre, et dans le silence et l'obscurité de la nuit, le seul bruit était les sabots des chevaux et les aboiements des chiens qui pouvaient être entendus dans les hautes montagnes autour de Mahâbâd. Lorsque le temps s'est éclairci, nous nous sommes arrêtés et reposés. Ils ont fait du thé et nous avons mangé le pain, le fromage et les œufs durs qu'ils avaient emportés. L'air de la montagne était froid. Il y avait encore de la neige au sommet. Je ne portais pas assez de vêtements chauds. Je n'avais rien apporté avec moi. Ni sac ni vêtements ou affaires personnelles. J'ai eu une forte fièvre et je suis tombée malade. Mais je n'ai rien dit et en réponse à l'inquiétude d'Alireza, j'ai assuré que j'allais bien. Je voulais continuer le chemin. Un des guides a gentiment enlevé sa veste et m'a demandé de l'enfiler. Je ne voulais pas l'accepter. Il a dit : « Madame, nous sommes comme votre frère. Vous frissonnez de froid comme une feuille. Ne vous inquiétez pas, je suis habituée au froid. »

Le lendemain matin, il faisait encore nuit lorsque nous arrivâmes à un village. Notre guide a frappé à une porte et a dit que nous étions quatre et que nous voulions nous reposer. Je suis descendu de cheval. Après avoir chevauché pendant des heures, mes jambes étaient engourdies et j'étais incapable de marcher. Quand je suis entrée dans la maison après eux, j'ai vu qu'ils avaient quatre matelas et couettes séparés étalés sur le sol dans une pièce et j'ai dû dormir avec eux. Comme je portais des vêtements d'hommes, le propriétaire ne s'est pas rendu compte que j'étais une femme. Une telle situation était inimaginable pour moi . Je n'avais pas d'autre choix que de m'adapter à ces conditions. Bien sûr, Alireza et ses deux guides étaient des gens très honorables qui me traitaient comme leur sœur et il n'y avait rien à craindre, mais ça pesait lourd dans ma tête. J'ai enlevé seulement mes chaussures et je me suis glissée sous la couette. J'ai presque perdu connaissance à cause de la fatigue extrême, de l'insomnie, des douleurs aux jambes et au dos.

Le lendemain, Alireza m'a expliqué que c'était une vieille tradition au Kurdistan. Quand quelqu'un, même un étranger, vient et veut se reposer, on lui ouvre la porte et on le reçoit. Chaque fois que nous allions dans un village, nous demandions où était le quartier général des Moudjahidines et des Peshmergas. Les habitants déclaraient qu'ils étaient partis depuis quelques jours. En fait, le cercle de l'oppression se resserrait de jour en jour. Le régime prenait progressivement le contrôle de la région et expulsait les guérilleros. À chaque fois, le guide me disait : « Madame, ne vous inquiétez pas. Si nécessaire, je chercherai toutes les montagnes du Kurdistan pour vous emmener chez les Moudjahidines. »

Vers midi, le 13 avril 1984, nous sommes arrivés dans le village de Nastan. Alireza m'a dit avec joie que les peshmergas kurdes y avaient leur quartier général et nous sommes allés à leur QG après avoir demandé l'adresse aux habitants.

Des filles peshmergas armées de kalachnikov sont venues me saluer. Certaines d'entre elles parlaient bien le persan.

— Les Moudjahidines avaient-ils également une base dans ce village ?

— Oui, m'ont-elles répondu.

— Je suis venu rejoindre les Moudjahidines.

— Venez prendre un thé avec nous. Nous allons les informer.

Les filles peshmergas m'ont gentiment invitée. Elles étaient les membres du Parti démocratique du Kurdistan d'Iran. Moins d'une demi-heure plus tard, un membre de l'OMPI nommé Nemat vint me chercher. Je l'ai salué et lui ai présenté Alireza et les guides ; ensemble nous sommes allés au siège de l'OMPI qui était à proximité. J'ai demandé à parler au responsable de la base. C'était un frère nommé Ghayur. J'ai demandé à Ghayur s'il pouvait aider un peu financièrement les guides. Malheureusement, je n'avais pas beaucoup d'argent à leur donner. Je voulais en quelque sorte montrer ma reconnaissance et mes remerciements à leurs efforts. Ghayur m'a assuré qu'il le ferait. J'ai dit au revoir à Alireza et aux deux guides. Ils ont tenu parole et m'ont emmené chez Moudjahidines.

J'étais si heureuse de rejoindre l'OMPI que j'ai complètement oublié la douleur et la fatigue de ce long voyage. Le quartier général de l'OMPI était une maison de village qu'ils avaient louée. Quand je suis entrée dans la pièce, j'ai vu la grande photo de Massoud Radjavi accrochée au mur. J'avais la gorge serrée et des larmes de joie ont coulé sur mon visage. Afficher ou même posséder cette photo en Iran équivalait à la condamnation à mort. Combien les mollahs avaient peur de lui et combien les Moudjahidines l'admiraient ! Un personnage éminent, un héros dont le nom a été immortalisé dans l'histoire de l'Iran. La réalité est que notre génération a vu la compétence de son leadership et son honnêteté. Grâce à ses enseignements, la résistance s'est poursuivie dans les prisons et sous la torture. Il a lui-même été un exemple et s'est sacrifié pour la liberté. Tant au temps du chah, qui l'a condamné à mort, qu'au temps de Khomeini, qui a tué sa femme[40] et envoyé des milliers de ses sympathisants aux pelotons d'exécution.

L'entrée de Ghayur dans la pièce a brisé le fil de mes pensées. Il désigna l'appareil sans fil militaire dans le coin de la pièce et dit :

— J'ai appelé le poste de commandement et je les ai informés de votre arrivée. Ils veulent un compte-rendu précis de votre véritable identité et des membres avec qui vous avez travaillé dans l'organisation.

Cette vigilance était normale pour moi, et nécessaire en raison des tentatives d'infiltration du régime dans les rangs de la résistance. Quelques heures plus tard, Ghayur m'a dit que le commandement avait confirmé mon identité. Il ajouta :

— Nous allons quitter cette base demain. Le régime est prêt à l'envahir et à nettoyer la zone.

Cette nuit-là, une famille kurde composée d'un couple et de deux enfants l'un un bébé et l'autre une belle et douce petite fille de trois ans nommée Nadi ; nous a rejoints. Elle était originaire de l'une des villes du Kurdistan et avait été persécutée par le régime en raison de son soutien à l'OMPI.

Le lendemain, notre équipe d'environ 25 personnes est montée à cheval et à mulet. À l'exception de Nahid, la mère de Nadi, et de moi, les autres étaient des hommes,

---

[40] Outre l'épouse de Massoud, Achraf, assassinée par le régime en 1982, sa sœur Monireh a été exécutée lors du massacre des prisonniers politiques en 1988 et son frère aîné, le Dr Kazem Radjavi, a été assassiné en avril 1990 à Genève.

la plupart armés de kalachnikovs. Nadi et moi avions un cheval et sa mère et son bébé montaient sur un autre cheval. J'ai attaché Nadi avec une écharpe à moi pour qu'elle ne tombe pas du cheval. La retraite de l'équipe a été plus lente que d'habitude en raison de la présence de Nahid et de ses jeunes enfants. La nuit, en passant près des points de contrôle, la mère des enfants leur donnait des somnifères pour qu'ils ne fassent pas de bruit. Le jour, nous nous reposions dans les maisons des gens qui nous accueillaient ou nous faisons un tour dans le village. La nature du Kurdistan est vraiment magnifique. D'autant que nous avons traversé cette zone au printemps. Les vallées vertes pleines de fleurs colorées ressemblaient à de belles cartes postales.

Mais cette beauté ne m'empêchait pas d'être inquiète lorsque nous gravissions les montagnes à cheval. J'essayais de ne pas regarder en bas. C'était si haut et vertigineux. J'ai dit à l'un des frères de l'équipe que si ce cheval glissait, nous atterririons au fond de la vallée. Il a dit calmement : « Ma sœur, n'ayez pas peur. Le cheval est un animal intelligent. Il est prudent pour sa propre vie. Vous devez lui faire confiance de toute façon ! »

L'ironie dans les paroles de ce frère de lutte était un signe de son moral combatif face à des circonstances difficiles. Je sentais que j'apprendrais de chaque mot et de chaque rencontre avec mes camarades de l'OMPI et je deviendrai plus forte. C'est un sentiment qui ne m'a jamais quitté.

Le matin du 19 avril 1984, nous avons atteint la rivière frontière entre l'Iran et l'Irak appelée Zab. En raison des invasions du régime et de l'occupation de la région du

Kurdistan par les gardiens de la révolution, les bases de peshmergas kurdes ainsi que des combattants de l'OMPI étaient installées de l'autre côté de la frontière, dans la région du Kurdistan Irakien. À l'époque, les groupes kurdes irakiens, qui étaient également opposants au gouvernement irakien, avaient de bonnes relations avec l'opposition iranienne. Mais un ou deux ans plus tard, certains partis de l'opposition kurde irakienne ont commencé à coopérer avec le régime iranien et le résultat a été l'inimitié et même le meurtre de l'opposition iranienne.

Le commandant de l'équipe a déclaré que nous devions traverser la rivière Zab et entrer sur le territoire irakien. Pendant un moment, j'ai éprouvé une tristesse indescriptible. Je quittais l'Iran. Je laissais derrière moi mon pays blessé, capturé par les mollahs.

Nous sommes tous descendus de cheval. Il n'y avait ni pont ni passage à niveau. Nous étions presque au sommet d'une montagne, dans la vallée la rivière Zab était pleine d'eau et rugissait. En face se trouvait un autre sommet de la montagne. Un filin métallique épais avait été installé de notre côté, l'autre extrémité était reliée à la montagne d'en face avec un crochet attaché au filin. Avec ce crochet, tout le monde devait traverser la rivière Zab et atterrir sur le sol irakien. Le commandant nous a expliqué comment utiliser ce crochet pour y arriver en toute sécurité. La menace était que nous tombions à mi-chemin dans la rivière ou que nous heurtions la montagne devant nous. Lorsque nous avons tous enfin mis les pieds sains et saufs en Irak, nous avons marché pendant quelques heures pour atteindre le premier village et sommes montés en voiture. Dans l'obscurité de la nuit, nous sommes arrivés au camp de l'OMPI, qui se trouvait dans une zone appelée Galaleh, au pied d'une montagne et consistait en un ensemble de tentes installées dans un ordre spécial.

Depuis, chaque fois que j'entends le nom du Kurdistan, mes souvenirs de cette belle région et de ces gens honorables prennent vie.

Pendant des années, ils ont souffert doublement aux mains de gouvernements autoritaires et dictatoriaux, mais ils sont toujours fiers et résistants.

Mon séjour au Kurdistan Irakien a duré plus d'un an. En 1984, cette zone frontalière entre l'Irak et l'Iran était une base de soutien pour les combattants à l'intérieur de l'Iran. La formation théorique et militaire et l'équipement des combattants faisaient également partie des tâches de ces bases. J'ai commencé à travailler dans les communications. À cette époque, la communication entre les différentes unités se faisait par appareils sans fil militaires. Mais il était possible pour le régime de capter les ondes sans fil. Pour cette raison, on était obligé de crypter tous les messages avant de les envoyer.

Abbas est retourné en Iran après avoir terminé sa formation. Un an plus tard, il est tombé en martyr après un affrontement héroïque avec les gardiens de la révolution.

Behrouz, mon agent de liaison avec l'OMPI en Iran, m'a également rendu visite au Kurdistan. Je ne connaissais que sa voix au téléphone et c'était la première fois que je le voyais. Il était grand, mince et avait environ trente ans. Il m'a dit : « Soudain vous avez disparu de mon radar et j'ai compris que vous étiez arrivée au Kurdistan avant moi. Vous avez pris une décision très dangereuse, mes félicitations pour votre succès. »

La dernière surprise a été que j'ai retrouvé Massoud, le fils du propriétaire de l'hôtel à Téhéran, et qu'il a appelé son père. On est devenus très amis et il a été comme un frère pour moi. Massoud aussi est tombé en martyr en 1988.

Pendant mon séjour en Irak, j'ai également visité les villes de Sulaym n yah, Kirkuk et Bagdad. J'ai déposé une demande d'asile politique auprès du consulat de France à Kirkuk. Après avoir attendu plusieurs mois, l'ambassadeur de France à Bagdad m'a fixé un rendez-vous.

Le traducteur m'a annoncé : « Votre demande d'asile a été acceptée et l'ambassadeur, qui a lu l'histoire de votre évasion de prison, a dit qu'il voulait voir cette héroïne en personne ». L'ambassadeur était un homme pas très jeune mais gentil. Il a voulu me serrer la main, mais je l'ai salué selon notre tradition, en posant ma main sur mon cœur. L'ambassadeur s'est avancé pour me serrer dans ses bras. Surprise, je me suis reculée. Je ne connaissais pas un mot de français à l'époque. Le traducteur a expliqué à l'ambassadeur que selon les traditions islamiques et iraniennes, les femmes n'ont pas de contact physique avec des hommes étrangers. Lors de cette rencontre, l'ambassadeur m'a personnellement remis un laissez-passer, qui était un passeport temporaire pour entrer en France. Avec ce document, j'ai pris l'avion de Bagdad à Paris en juin 1985.

Honnêtement, je n'ai jamais eu une vie « normale » en France. Mes racines sont en Iran, mon cœur bat là-bas et l'exil en France a toujours été une période temporaire, une sorte d'attente pour moi. Pendant toutes ces années, je suis restée militante et j'ai continué à combattre le régime par l'écriture et par des activités politiques et culturelles. Je serai toujours fidèle à mes idéaux et convictions pour la liberté et la justice. Je ne me renierai jamais.

Depuis l'exil, je collabore avec le Conseil national de la Résistance iranienne. Le CNRI fonctionne comme un gouvernement en exil et dispose d'un parlement et de divers organes et départements politiques, diplomatiques et médiatiques. J'ai travaillé pendant de nombreuses années à la radio et la télévision ainsi qu'à l'édition du CNRI en persan.

Ahmad est l'honneur de l'humanité

Je n'ai jamais revu mon frère Ahmad depuis mon arrestation et mon emprisonnement en 1981.

Je me souviens qu'en 1985, j'avais reçu une lettre de mon grand frère Mahmoud qui m'avait écrit :

« J'ai enfin réussi à obtenir une petite visite à la prison de Gohardacht. Ahmad portait visiblement des traces de tortures et de coups. Il m'a raconté très vite ce qui s'était passé et comment ils l'avaient torturé pendant le mois du ramadan alors qu'il jeûnait. Pour protester contre la domination du repenti et traître de la section 18, Ahmad, avec d'autres Moudjahidines, a entamé une grève de la faim. Les Gardiens de la Révolution sont entrés dans la section et ont identifié les individus un par un. Ils les ont sortis et envoyés à l'isolement après les avoir brutalement battus. Ahmad m'a demandé de rapporter leur grève héroïque à l'organisation des Moudjahidines ».

En mars 1988, pour la première fois, j'ai reçu une lettre d'Ahmad. Il avait été libéré et cherchait à quitter le pays pour rejoindre les Moudjahidines. Ahmad m'avait écrit :

« Tu ne sais pas combien tu me manques et combien je t'aime de tout mon cœur. Combien j'ai envie d'être avec toi et tes amis. C'est un rêve pour moi. Tu sais, je me demande à chaque instant ce que je fais ici, je n'y suis pas à ma place. Si je voulais te raconter tout ce que j'ai vécu durant toutes ces années, je pourrais écrire des volumes, reportons donc le récit de ce voyage forcé et des douleurs endurées à un autre moment ».

Quelques mois plus tard, il quitta la ville de Racht pour rejoindre la résistance. Mais en chemin, il tomba dans un piège des services de renseignement du régime. Il fut à nouveau arrêté et emmené pour être soumis à la torture.

Moi, j'attendais son arrivée. Des jours d'attente qui n'en finissaient pas. Quand j'ai lu les nouvelles concernant le massacre, j'ai décidé d'appeler mon père.

Il m'a déclaré avec surprise :

— Mais il n'est pas avec toi ? Il nous a dit adieu pour aller te voir. S'il n'est pas avec toi, alors où est-il ?

Mon père avait deviné juste. Après mon appel, il est allé de prison en prison, à la recherche d'Ahmad. Mais il n'a rien trouvé, ni nom, ni trace, ni tombe.

Ahmad avait été tué sur ordre et selon la fatwa de Khomeini, comme les 30 000 autres prisonniers politiques exécutés lors de ce massacre. Les responsables de ce génocide, de cette tuerie, n'ont toujours pas été punis et continuent de torturer et d'exécuter en Iran.

En 1991, les agents des services de renseignement ont dit à mon père qu'ils avaient exécuté Ahmad dans la prison d'Oroumieh, dans le nord-ouest de l'Iran, mais ils ne lui ont pas révélé où il est enterré.

Pendant des années, je n'ai pas su ce qui était arrivé à Ahmad. Après le massacre de 1988, j'ai participé à plusieurs projets de recherche sur les prisons du régime de Khomeini. Les livres « Massacre des prisonniers politiques » et « Des héros enchaînés » rendent compte des résultats de cinq années de recherches et de travail collectif. Au fil des recherches, j'ai réussi à récolter les témoignages d'anciens compagnons de cellule de mon frère et des renseignements sur son incarcération.

C'est en utilisant Google Earth que j'ai découvert les détails effrayants de sa disparition. Des témoins oculaires des massacres de prisonniers en Oroumieh ont identifié le lieu des exécutions près du village Elias-Abad. En août 1988, des gardiens de la révolution (Pasdarans) ont transféré une quarantaine de prisonniers politiques jusqu'aux collines qui entourent le lac d'Oroumieh. On avait dit aux prisonniers qu'ils allaient être transférés à la prison de Tabriz. Des agents des pasdarans avaient isolé le lieu d'exécution dans les collines ; ils étaient armés de diverses armes blanches telles que des couteaux, des machettes, des gourdins, des cognées et des haches. Les prisonniers étaient enchaînés et menottés ; ils ont été littéralement massacrés. Les villageois, qui avaient entendu les hurlements des prisonniers, se sont dirigés vers les collines mais ont été arrêtés et tenus éloignés par des pasdarans lourdement armés.

Je me suis souvent demandé si mon frère faisait partie de ceux qui ont été si bestialement exécutés sur ces collines. La réponse est très probablement oui. Mon cœur saigne à la seule pensée d'une mort aussi horrible et mon corps entier se paralyse de souffrance. Je ne veux pas croire que c'est ainsi que mon frère est mort mais les faits me disent qu'il en a été ainsi.

Cela s'est passé il y a 33 ans ; les gens doivent connaître les détails de ces massacres. Autre témoignage aussi glaçant est celui de Mehranoushe Solouki[41] qui raconte dans son livre :

« Le médecin de la section 209 de la prison d'Evin me raconte qu'il exerce dans cette prison depuis trente ans et que la situation est plus compliquée et embarrassante que je ne pourrais l'imaginer. Il m'explique que non seulement on ne pouvait pas garder les milliers de prisonniers politiques leur vie durant, mais surtout, qu'on ne voulait plus en avoir. En effet, après la guerre, en 1988, les commissions des Nations unies devaient venir visiter les prisons. Les autorités ne pouvaient pas se permettre de garder autant de prisonniers politiques : elles auraient été bien incapables d'expliquer leur nombre si important. Depuis longtemps, d'ailleurs, les dirigeants avaient décidé de se débarrasser de la "question des prisons". L'attaque des Moudjahidines ne fit qu'accélérer cette décision. Ce médecin de la mort se souvient bien d'août et de septembre 1988. Il me rapporte l'histoire suivante avec une sorte d'extase :

---

[41] Fatwa de sang, de Mehranoushe Solouki ; éd. Michel Lafon, P 142-143.

La pendaison de centaines de personnes prenait trop de temps à l'époque, ainsi la direction a décidé de rassembler les prisonniers dans la piscine vide de la prison et de les exécuter à la mitrailleuse. Ils se sont baignés dans leur sang, comme on dit… »

En août 2016, la diffusion sur les réseaux sociaux d'une bande audio bouleversante de la rencontre, le 15 août 1988, entre Montazeri, le dauphin déchu de Khomeini, et des membres de la « commission de la mort » lève le voile sur l'ampleur du massacre des prisonniers politiques en Iran.

L'ayatollah Montazeri interpelle les responsables chargés de ce génocide : ***« Le plus grand crime commis sous le règne de la République islamique, pour laquelle l'histoire nous condamnera, a été commis par vous. Vos noms seront gravés dans les annales de l'histoire comme des criminels. »***

Quant aux membres de la commission de la mort, ils n'ont toujours pas été punis et continuent d'occuper des postes clés : Ebrahim Raïssi , actuel président de la République islamique d'Iran, était l'un des principaux auteurs et membre de la terrible « commission de la mort » en 1988. Pour-Mohammadi était ministre de la Justice de Rohani jusqu'en août 2017, Nayyeri est l'actuel chef de la Cour suprême chargé du clergé.....

Dans un rapport publié le 2 août 2017, Amnesty International écrit : « La publication de l'enregistrement audio a déclenché une chaîne de réactions sans précédent de la part des dirigeants qui ont dû admettre pour la première fois que les exécutions collectives en 1988 ont été planifiées dans les hautes sphères du gouvernement (…) Les défenseurs des droits humains qui recherchent la vérité, la justice et la réparation pour des milliers de prisonniers sommairement exécutés ou ayant disparu par la force dans les années 80, doivent faire face à de nouvelles sortes de représailles de la part des autorités. Cela comprend des proches des victimes, qui sont devenus des défenseurs des droits humains par nécessité. »

Amnesty International ajoute : « Aujourd'hui, nous ne savons toujours pas combien de victimes ont été exécutées de manière extrajudiciaire et où elles ont été enterrées en secret. Jusqu'à maintenant, aucun dirigeant iranien n'a fait l'objet d'une enquête et n'a été traduit en justice pour les exécutions extrajudiciaires. Les autorités ont mis en œuvre différentes tactiques pour effacer les preuves des tombes collectives, comme les passer au bulldozer, les transformer en décharges, les cacher en dessous de nouvelles tombes ou en coulant du béton par-dessus ».

Le monde est resté silencieux sur ces faits et, afin d'apaiser les ayatollahs, a fermé les yeux sur leur plus grand acte criminel. Aucune enquête internationale indépendante sur ces massacres n'a encore été menée.

Pendant des années j'ai souhaité raconter l'histoire de mon frère. Je ne voulais pas qu'elle tombe dans l'oubli. Pendant des années, je me suis demandé comment transmettre le message de ces milliers de jeunes qui ont sacrifié leur vie pour la liberté à des générations futures et surtout à celles et ceux qui ont aujourd'hui l'âge qu'avait Ahmad à cette époque.

Enfin, en décembre 2018, à l'occasion du 30e anniversaire du grand massacre des prisonniers politiques en 1988 en Iran, j'ai publié mon premier livre en français. Un livre de bande dessinée intitulé « Un petit prince au pays des mollahs ». Cet ouvrage tente de retracer la vie de mon frère. C'est aussi un hymne au courage de résister malgré les obstacles et ne pas céder devant l'injustice. Pour montrer que la volonté de celui qui croit aux valeurs humaines est infinie. Ce sont ces volontés qui changent le cours de l'histoire.

« Un livre si profondément émouvant », m'a écrit dans une lettre Jean Ziegler, écrivain, sociologue et homme politique. Celui-ci, actuellement membre du comité consultatif du conseil des droits de l'homme des Nations unies, a ajouté :

« Ahmad est l'honneur de l'humanité. Lui et les autres 30 000 martyrs de 1988 ont par leur sacrifice, par leur exemple lumineux de courage, d'amour du peuple, ouvert la voie à un Iran libre, démocratique et heureux. L'horrible crime des mollahs ne restera pas impuni. »

Le matin va arriver

J'ai cru ça
Le matin court vite sur son cheval blanc.
Et cette nuit si sombre va disparaître.

Nosrat Rahmani[42]

Au cours de ces années, j'ai souvent pensé au sort des Moudjahidines du peuple, à leurs prisonniers et à leurs martyrs.

---

[42] Nosrat Rahmani, l'un des poètes contemporains d'Iran.

J'en suis arrivée chaque fois, sans le vouloir, à cette même conclusion que Khomeini a été une sorte de tsunami dévastateur qui a tout détruit. Les Moudjahidines du peuple ne sont pas les seules victimes de ce régime. Les mollahs n'ont pas permis que nos compatriotes puissent vivre. Oui, simplement vivre. Autrement dit : ils ont assombri la vie de tout le monde. En plus des millions de familles iraniennes victimes de l'ambition réactionnaire des mollahs, ils ont engagé la vie d'autres familles au Moyen-Orient et dans le monde.

Tout le monde s'est bien ému de la cruauté et de la violence de Daech. Mais il ne faut pas oublier que les mollahs sont les parrains d'ISIS. Cette sauvagerie et cet intégrisme religieux existent depuis les années 1980 en Iran !

Pendant des années, le régime a mené une grande campagne de désinformation et de diabolisation contre la résistance à l'intérieur et à l'extérieur du pays. La résistance iranienne a survécu à tous les problèmes et obstacles posés sur sa voie comme les héros de la mythologie perse. Le personnage légendaire le plus célèbre dans la mythologie et les fables iraniennes est Rostam. De l'autre côté de la barrière se situe Zahhak, symbole du despotisme qui a finalement été vaincu par Kaveh le Forgeron, lequel mena une révolte populaire contre lui. Zahhak était protégé par deux vipères qui sortaient de ses épaules. Ces vipères avaient beau être décapitées, toujours de nouvelles têtes leur poussaient pour le protéger. Le serpent, comme dans d'autres mythologies orientales, était un symbole du mal. Cette histoire est toujours vivante pour les Iraniens. Le peuple iranien considère

Khamenei, actuel guide suprême du régime, comme Zahhak et dit qu'à notre époque, Kaveh qui mènera une révolte populaire contre lui est une femme. Aujourd'hui, les femmes iraniennes sont fières de jouer le rôle le plus décisif, au sein du mouvement de la résistance contre la dictature religieuse et pour la liberté, l'égalité, la paix et la coexistence pacifique. Je pense que cela a été rendu possible grâce à la décision collective au sein du CNRI d'élire une femme à la tête de ce mouvement, Maryam Radjavi. Présidente élue de la Résistance iranienne, elle symbolise, à juste titre, la résistance et l'espoir du peuple iranien contre les mollahs.

Le peuple iranien a vu le résultat de 40 ans de régime des mollahs. En plus de la répression, de l'exécution massive et du manque de liberté d'expression, il y a d'énormes corruptions qui pourrissent la vie de tout le monde. Jamais dans l'histoire de l'Iran il n'y avait eu cette différence de classe. Une toute petite minorité ultra riche et la majorité pauvre qui n'a rien à perdre. Le Parlement iranien a officiellement confirmé que 60 millions de personnes vivent en dessous du seuil de pauvreté et sont éligibles à des subventions. Certaines personnalités du régime disent qu'ils craignent la révolte des gens affamés. Un petit exemple est la révolte qui a eu lieu après l'augmentation du prix de l'essence en novembre 2019. La répression des manifestations aurait fait près de 1500 morts. Mais la population continue de se rebeller malgré cette répression.

Il n'y a pas un jour où les médias du régime ne parlent du danger et de la menace des réseaux de la résistance.

Même les dirigeants du régime tel Khamenei le guide suprême ont averti que le réseau de Moujahedines attire tous les jeunes sur Internet et que c'est dangereux pour le régime.

Quand je regarde la scène politique en Iran aujourd'hui, je suis fière. Au cours de ces quatre décennies, nous avons parcouru un chemin long, tortueux, plein d'obstacles, difficile et ardu. En d'autres termes, une guerre à part entière dans tous les domaines : politique, social, idéologique, d'information, diplomatique et international. Des campagnes féroces qui pourraient écraser et détruire tout mouvement révolutionnaire indépendant. Mais notre résistance est sortie plus forte que jamais. Ce qui est passionnant, c'est qu'aujourd'hui toutes nos analyses, notre politique et notre position devant le régime iranien se sont avérées exactes. Ce qui se passe dans les rues d'Iran, ce sont les slogans, les revendications et la stratégie du changement de la résistance iranienne.

L'histoire de la résistance de notre peuple a montré qu'à cet égard, les mollahs ont échoué et qu'ils devraient s'en aller. Ils n'ont pas réussi à tuer l'espoir en la liberté et en une société plus juste dans le cœur des Iraniens. Tôt ou tard, tout le monde le verra. Le matin va arriver.

Mahmoud aussi devenu immortel

Au cours de l'année 2020, le coronavirus est arrivé en Iran et est devenu un allié important pour servir la dictature religieuse. Dans ces circonstances, Khamenei le guide suprême et Rohani le président se félicitent vivement de la propagation du coronavirus dans tout l'Iran. C'est la presse officielle du régime qui écrit : « Nous cherchions un sauveur pour détourner l'attention des gens des événements de novembre et décembre 2019. Et le coronavirus est arrivé, laissant les gens déprimés, pris au piège dans une pièce face à un lion affamé. »

Khamenei a même endossé le scandale de sa politique inhumaine en empêchant l'importation de vaccins en Iran. C'est une tragédie douloureuse pour notre pays sous le régime des mollahs. Et cela m'a touchée personnellement. Mon cher grand frère, Mahmoud Raouf Basharidoust, 60 ans, marié et père de quatre enfants, est décédé du coronavirus le vendredi 13 mars 2020 à Racht, au nord de l'Iran, l'un des épicentres de ce virus en Iran. Mahmoud, avec toute sa sincérité, sa gentillesse et sa loyauté, s'est tenu à nos côtés pendant les jours difficiles. Je pouvais compter sur lui en toutes circonstances.

Mon frère Mahmoud a été harcelé, arrêté, menacé et torturé à plusieurs reprises au fil des ans par le régime des mollahs pour qu'il arrête de nous soutenir. Son "crime" était d'avoir un frère et une sœur qui militaient au sein de l'OMPI.

En 2000, j'ai appelé mon frère Mahmoud en lui demandant de venir à l'étranger pour me voir. Mahmoud a tenté de quitter légalement l'Iran et d'obtenir un passeport. Après des mois d'attente à errer dans différents bureaux pour recevoir un passeport, ils lui ont dit que son nom était sur la liste noire et qu'il n'était pas autorisé à quitter le pays.

Je n'avais donc pas d'autre choix que de recourir au réseau secret de la résistance à l'intérieur du pays. Ils ont contacté Mahmoud et il a secrètement quitté l'Iran par la frontière de la Turquie sans même dire la destination de son voyage à sa femme. Je l'ai vu dans un hôtel en mars 2001. Après 18 ans, comme nous avions tous les deux changé. Je l'ai accueilli avec un bouquet de fleurs. Il m'a serré dans ses bras et a pleuré. La souffrance de ces années de distance et d'épreuves était clairement visible sur son visage. Il avait l'air plus âgé que son âge. Il avait beaucoup de choses et de souvenirs à me raconter. Des années où il cherchait Ahmad derrière les barreaux aux années où il cherchait la tombe d'Ahmad... Il m'a apporté des photos d'Ahmad et de ma mère. Le cadeau le plus précieux possible car jusque-là, je n'avais même pas leur photo.

Mahmoud m'a dit qu'il avait été arrêté à plusieurs reprises. Juste à cause d'un simple coup de téléphone de ma part.

En septembre 1985, pour la première fois, j'avais appelé mon frère Mahmoud depuis la France. La ligne téléphonique était sous surveillance. Ce soir-là, les gardiens de la révolution ont d'abord attaqué son lieu de travail et arrêté son beau-frère comme otage. La nuit, quand il est rentré chez lui, la maison était assiégée et Mahmoud lui-même a été arrêté. Menottes aux poignets et bandeau sur les yeux, il a été emmené en prison. Mahmoud m'a dit qu'il avait été emprisonné pendant des mois et, après sa libération, il devait aller chaque semaine pendant plusieurs années au QG des pasdarans pour passer un interrogatoire et signer le registre de sa présence. Toutes les questions de l'interrogatoire tournaient autour des contacts avec l'OMPI. « Pourquoi votre sœur a-t-elle appelé ? Vous auriez dû couper l'appel et ne pas lui parler… »

Les tortionnaires avaient même interdit à mon frère de me contacter puisque pour le régime des mollahs, je suis une « Mohareb » ce qui veut dire « ennemi de Dieu ».

Mahmoud a subi des pressions pour prendre position contre moi et les Moudjahidines du peuple d'Iran. En échange, ils lui promettaient de lui ouvrir toutes les portes. Mais il a tenu bon devant les mollahs. Il est resté fidèle à ses principes et à sa dignité humaine en refusant de collaborer avec les bourreaux.

Mon cher frère Mahmoud, malgré les longues années de séparation, tu as toujours été dans mon cœur et je ne t'oublierai jamais.

Racht.1981. Ma mère Fatimeh Seighali, mon grand frère Mahmoud, moi et mon frère cadet Ahmad.

Imprimé en France - R_69718 - décembre 2024 - 14110 Condé-sur-Noireau
RapidBook, une marque du Groupe Corlet Imprimeur